Milena Busquets

MEINE VERLORENE FREUNDIN

Roman

Aus dem Spanischen
von Svenja Becker

Suhrkamp

Die Originalausgabe erschien 2021 unter dem Titel *Gema*
bei Editorial Anagrama, Barcelona.

Support for the translation of this book was provided by
Acción Cultural Española, AC/E.

AC/E
ACCIÓN CULTURAL
ESPAÑOLA

Erste Auflage 2022

Deutsche Erstausgabe

Umschlaggestaltung: Rothfos & Gabler, Hamburg
Umschlagfoto: Tania Franco Klein, *Yellow Tiles* (Selbstporträt), 2017
Druck: CPI books GmbH, Leck
Dieses Buch wurde klimaneutral produziert:
ClimatePartner.com/14438-2110-1001.
Printed in Germany
ISBN 978-3-518-43047-7

www.suhrkamp.de

Meine verlorene Freundin

I

Gema ist für mich immer der Name einer Toten gewesen. Oder nicht immer, aber seit gut dreißig Jahren, und das ist fast dasselbe. Sie starb mit fünfzehn. Zwei Jahre später starb mein Vater. Seinen Namen traf jedoch kein Fluch. Ich kann meinen Söhnen zuhören, wie sie ihre Väter mit Fragen löchern, ohne dabei an meinen zu denken, ohne Schmerz oder Sehnsucht, und wenn jemand seinen Namen – »Esteban« – sagt, dann denke ich nur: »Ach, wie Papa.« Wird mir dagegen eine Frau vorgestellt, die Gema heißt, und ich erkenne, wenn ich aufschaue, nicht die schönen dunklen Haare, den blassen Teint und den fragenden, spöttischen Blick meiner Freundin, dann denke ich: »Nein, du bist nicht Gema. Kein Stück.«

Was bedeutet Gema? Stein? Juwel? So wie Gemme? Das englische »Gem«? Niemand heißt in England Gem, aber ein paar Gemas gibt es dort, glaube ich.

Beide Tode fanden auf derselben Bühne statt, auf meinem alten Schulhof, auch wenn die zwei natürlich später im Krankenhaus starben.

Mama war extra in die Schule gekommen, um mir zu sagen, dass es schlecht um Papa stand, und flog dann im Anschluss übers Wochenende nach London. Mit Freunden. Sie ließ mich aus dem Unterricht holen und eröffnete mir auf dem leeren Hof, dass aus dem, was eine Routineoperation am Magen hätte sein sollen, ein Todesurteil geworden war. Auf die Idee, ihre Reise abzusagen, kam sie nicht. »Ich hätte nicht gedacht, dass dich das derart mitnimmt«, entschuldigte sie sich danach endlos über die Jahre.

Ich hatte diesen Schulhof nicht wieder betreten. Ein paarmal war ich daran vorbeigekommen, aber nicht oft, obwohl ich in der Nähe wohnte, er lag einfach nicht mehr auf einem meiner üblichen Wege. Wir haben alle drei, vier Strecken, die wir regelmäßig nehmen, in die Innenstadt, zur Schule, nach Cadaqués, zum Verlieben, wieder zurück. Würden wir sie mit Rotstift auf einer Karte einzeichnen wie die Adern auf manchen anatomischen Darstellungen, dann würden wir sehen, dass es kaum Abweichungen gibt, dass wir unser Leben in einer einzigen Hand verbringen, im Hin und Her zwischen Zeigefinger und Daumen und Daumen und Zeigefinger oder wieder und wieder den Oberschenkel hinauf und hinunter.

Dass meine Mutter verliebt war in den, der ihre letzte Liebe sein sollte, fand ich heraus, als sie mich eines Tages im Auto auf dem Heimweg vom Einkaufen bat, von unserer üblichen Route abzuweichen und eine andere Straße hinauf zu nehmen, weil jemand ihr gesagt habe, das gehe schneller.

»Komische Idee«, sagte ich, während ich tat wie geheißen. »Wir fahren doch immer hier lang. Das ist unser Weg.«

Und dann, zugleich mit dem aberwitzigen, grellen und treffenden Gedanken:

»Du bist doch nicht etwa verliebt?«

So fest und entschlossen, wie unsere Schritte sind, gibt es nicht viel, was sie ändert.

Der Schulhof war betoniert und umrahmt von ein paar nüchtern praktischen, etwas kastigen Gebäuden in Sandfarben. Wobei die Schule wahrscheinlich der Ort auf der Welt ist, an dem es am wenigsten stört, wenn er hässlich ist. Jugendliche interessieren sich bloß dafür, wie sie selbst aussehen (und ihre Eltern, solange sie deren Erscheinung als eine Erweiterung von sich ansehen), und ich habe noch nie gehört, dass sich ein Schüler beschwert hätte, weil der Unterricht in einem anmutlosen Kasten stattfindet. Uns wäre es egal gewesen, in einem Palast zu sein. Einziger Bewuchs waren ein paar niedrige, an strategischen Punkten verteilte Büsche, die verschiedene Bereiche abtrennten oder kennzeichneten – den Eingang zum Hauptgebäude, die Grenze zwischen oberem Hof und Sportplatz – und deren sattgrüne, glänzende Blätter wir in der Pause so geistesabwesend und gewissenhaft abzupften, wie wir Jahre später Zigaretten rauchten und zu den Jungs hinschielten, so dass um unsere Füße ein grünes, wenig umweltschonendes Mosaik entstand. Als die Schulleitung begriff, dass wir dabei waren, den Pausenhof zu entlauben, verfasste sie ein Rundschreiben mit dem Verbot, auch nur ein einziges Blatt auf dem Schulgelände abzureißen. Eine breite Steintreppe, möglicherweise ein Überrest des Landguts, das durch die Schule ersetzt worden war, führte zum unteren Hof, an dem die Mensa, der Leichtathletikplatz, die Turnhalle und die Duschen lagen. Dort, vor dem höchsten Baum der Schule, einer trockenen, pfeilgeraden Palme, die aussah, als wollte sie den Himmel hochdrücken, entstanden auch einmal im Jahr die Klassenfotos.

Wir bekamen immer ein paar Tage vorher Bescheid, damit wir uns etwas Ordentliches und Angemessenes zum Anziehen überlegen konnten, aber wir waren Jugendliche, fühlten uns folglich als die Schönsten und die Hässlichsten der Welt und scherten uns nicht darum. Wir waren alle angezogen wie immer.

Vielleicht bergen diese Fotos deshalb eine tiefe Wahrheit, zeichnet sich dort, von Nebel umhüllt wie in einer Kristallkugel, schemenhaft ab, wer wir sind und sein werden. Betrachtet man sie genau, ist alles bereits vorhanden: die Entschlossenheit, die Neugier, die Schüchternheit, die Freude, das Zutrauen, der Stolz. Niemand entkommt diesen Fotos, wir sollten sie bis in alle Ewigkeit als Passbilder verwenden.

An jenem Tag war ich zum Mittagessen nach Hause gegangen, der Unterricht begann um halb vier wieder, aber ich kam früher zurück, um meine Freunde auf dem Hof zu treffen. Jungs waren fast keine dabei, denn während wir unsere Freundinnen abgöttisch liebten, war bei den Jungs nichts zu machen, sie blieben ewig abgehängt. Befreundet waren wir mit ihnen eben, weil wir sie nicht lieben konnten, die Männer, von denen wir träumten, waren eigenartiger, gleichgültiger, blonder, schwarzhaariger, dunkler und undurchsichtiger. Unsere Freundinnen allerdings waren, trotz der Reibereien, des Streits und der Unstimmigkeiten, die Vollendung in Person.

Es waren die ersten warmen Tage, der Himmel wolkenlos, die Bäume von winzigen grünen Blättern überzogen, bewegt von einer sanft böigen, leicht maritimen Brise.

Im ersten Moment sah ich sie nicht, Gema war seit Monaten nicht in der Schule gewesen, und wir waren auch nicht mehr so eng befreundet wie früher. Im Französischen Gymnasium vertrat man die Meinung, den Klassenverband jedes Jahr aufzulösen und die Schüler neu zu mischen, fördere die Umgänglichkeit und die Fähigkeit zur Anpassung. Meine Sandkastenfreundin und ich besuchten schon seit Jahren nicht mehr zusammen den Unterricht, und wir hatten uns zwar beide auf die gleiche grundlegende Suche danach gemacht, wer wir waren, dabei aber sehr unterschiedliche Richtungen eingeschlagen: ich die der Rebellion, sie die der Vorsicht.

Man hatte uns gesagt, dass sie krank war, ich hatte Gerüchte gehört, aber an meinem Alltag änderte sich nichts, da war keine leere Schulbank, keine unbehagliche Stille beim Aufrufen der Namen, kein Eindruck von Abwesenheit. Ich spürte nur eine leichte Beklommenheit, wenn ich an sie dachte oder mir mit schreckgeweiteten Augen im Kreis meiner Freundinnen den Kopf über ihr Leiden zerbrach, das letztlich aber nur ein graues Wölkchen blieb am heiteren, blendenden Horizont der Jugend.

Sie hielt sich sehr gerade. Sie sieht größer aus, dachte ich. Und wie bleich sie ist! Sie war immer sehr weiß gewesen, aber ihr Teint, früher milchig und rosig wie bei den Prinzessinnen im Märchen, war ins Graue verkehrt. Als hätte sich ein rauchfarbener Schleier über ihr Gesicht gelegt und ihm einen aschfahlen, erloschenen Ton verpasst; tränenvoll und wässrig leuchteten darin nur die Augen (sie sterben als Letzte, die Augen). Ihre rundlichen, vollen Wangen waren zerflossen, die Wangenknochen traten scharfkantig hervor, und die Nase, früher lang und fein, hatte etwas Adlerhaftes bekommen. Als hätte ihr ein Vampir einen Strohhalm in den Arm gerammt und sie ausgetrunken, dachte ich, bis auf den letzten Tropfen.

Ich muss hingehen und Hallo sagen, dachte ich, hilft ja nichts. Viele Jahre später passierte mir dasselbe mit Ana, einer der besten Freundinnen meiner Mutter, als ich hörte, dass sie im Krankenhaus war (»Ich muss sofort hin und sie besuchen, auf der Stelle, umgehend, hilft ja nichts«), aber damals hatte ich schon ausreichend lange gelebt, um zu wissen, dass ich nicht hinging, um Hallo zu sagen, sondern um mich zu verabschieden. Bei Gema wusste ich das nicht, ich hatte mich noch nie von jemand verabschiedet.

Also löste ich mich aus meinem Grüppchen schwatzender Freundinnen und ging entschlossen und panisch auf sie zu, auch wenn das widersinnig klingt, kann man wohl sagen, ich flüchtete auf sie zu. Zum ersten Mal in meinem Leben benahm ich mich erwachsen, so wie ich glaubte, dass Erwachsene sich benehmen. Wir waren Freundinnen, seit wir vier Jahre alt gewesen waren, ich hatte gesehen, wie sie im Pausenhof der Kleinen eine Trauung vornahm, die Ringe hatten wir ein paar Stunden zuvor im Speisesaal aus einer Bananenschale gebastelt (uns schien das die genialste Idee der Welt). Ich war zu den großartigen Geburtstagsessen eingeladen gewesen, die ihr Vater ihr im Restaurant bereitete. Ich wusste, dass sie heimlich in einen rothaarigen, verpeilten Jungen verliebt war, der Gitarre spielte. Ich kannte ihr schallendes Lachen. Es klingt mir noch heute, wenn auch sehr entfernt, in den Ohren.

Mit fünfzehn wissen wir schon alles über Freundschaft, was wir je darüber wissen werden, wir werden nicht besser als Freunde, sondern auf jeden Fall schlechter. Die romantische Liebe lässt sich vielleicht mit der Zeit vervollkommnen, aber die Freundschaft nicht, sie erreicht ihre strahlende und absolute Vollendung in der Kindheit. Also stellte ich mich neben sie und sagte leise ihren Namen, Gema, Gema. Da drehte sie sich um und sah mich freundlich an. Sie schien nicht überrascht, mich zu sehen, war zugewandt und warmherzig wie immer, unter dieser Hexenverkleidung war sie weiter sie selbst. Wir sprachen über nichts Wichtiges oder Interessantes, benahmen uns wie zwei Erwachsene, die sich auf der Straße begegnen, von denen einer schwer krank ist.

»He! Gut siehst du aus!«, sagte ich, die Unsterbliche.

»Ja, sicher, es geht mir auch besser, viel besser, danke«, antwortete sie.

»Schön, dich zu sehen!«

»Ja.« Sie lächelte.

»Jetzt wird alles gut, du wirst sehen.«

»Ganz bestimmt.«

»Wo auch das Wetter jetzt so schön ist.« Ich hob die Nase zum Himmel.

»Ja, heute ist es wirklich sehr schön, es wird Frühling«, sagte sie.

Wir benahmen uns wie Erwachsene, wir sagten nichts von dem, was wir dachten. Unsere Eltern und überhaupt alle, die für unsere tadellose Kinderstube verantwortlich zeichneten, wären stolz auf uns gewesen, sie hätten es selbst nicht besser hingekriegt. Ich sah sie nie wieder.

2

Óscar wollte nicht zum Haareschneiden. Jahrelang war er mit Freude zum Friseur gegangen. Über den fast erwachsenen Ausdruck von Wonne und Entspannung auf seinem Gesicht, wenn ihm die Friseurin vor dem Ausspülen den eingeschäumten Kopf massierte, musste ich immer schmunzeln. »Der wird genau so ein Genießer wie wir«, sagten sein Vater und ich. Aber dann hatte er plötzlich unter dem Einfluss von irgendeinem Rapper oder Sportler entschieden, dass er lange Haare haben wollte. Weil er schon elf war, außerdem sehr dickköpfig und eingebildet, hatte ich beschlossen, mich aus seinen Stilentscheidungen rauszuhalten. Die meiste Zeit war er ohnehin besser angezogen als ich. Wenn er auf mögliche Tätowierungen zu sprechen kam oder darauf, sich ein Ohrloch stechen zu lassen, antwortete ich, dergleichen stehe erst mit achtzehn an, vorher nicht, genau wie Führerschein oder Wählengehen.

Ich betrachtete ihn etwas wehmütig, wie er da, im Profil zu mir, auf dem Sofa saß, spielte und augenscheinlich mit dem Fernseher sprach. Wie hübsch er ist!, dachte ich. Einige Tage zuvor hatte sein Vater ihn schließlich doch überredet, sich beim Friseur in unserem Viertel die Spitzen schneiden zu lassen, ich war bei allem, es sei denn, es war wichtig, eine glühende Verfechterin eines Lebens im Stadtviertel – aus meinem kam ich oft wochenlang nicht hinaus. Also hatte Óscar den Billigfriseur an der Ecke mit einem ungleich geschnittenen Pony verlassen, das Gesicht eingerahmt von ein paar wunderlichen Korkenzieherlocken. Ich konnte mir die Frage an seinen Vater nicht verkneifen, ob der Salon auf Rabbinerfrisuren spezialisiert war, aber er fand das nicht witzig. Manchmal merkte man, welche übermenschliche Anstrengung es ihn kostete, bloß nichts von dem, was ich sagte, witzig zu finden. Wenn ich ihm allerdings von irgendeinem Ärger erzählte, den ich hatte, war er immer voll auf der Seite derjenigen, die mir den Ärger bereiteten. Nichts ist schwieriger, als einen Ex zum Lachen zu bringen, der noch was von dir will.

Marc, mein Ältester, gerade siebzehn geworden, kümmerte sich wiederum seit Kindertagen selbst um seine Haare. Ich hatte ihn endlos bekniet, seinem Bruder und mir die Spitzen zu schneiden, ich hatte ihm sogar eine hübsche goldene, funkelnde Profischere gekauft und ihm Geld dafür geboten, wenn er mir die Haare schnitt. Aber meine Söhne waren weder käuflich noch besonders anspruchsvoll, sie hatten schon alles. Einmal hatte ich über seine vollkommen harmonischen Locken gestaunt, rund und blond wie Trauben in der Sonne, und ihn gefragt, wie er sich die Strähnen im Nacken auf eine Länge schnitt.

»Nach Gefühl halt, wie denn sonst?«, sagte er, als läge das auf der Hand.

Kein Mann hatte es je geschafft, dass ich mir dumm vorkam, und auch wenn meine Söhne meine Alltagsuntauglichkeit für ein Fass ohne Boden hielten, perlte das an mir ab, denn wer wusste schließlich, wie man das Verdeck am Auto öffnete, wer bereitete die perfekten Pommes zu und fand die Bezahlsender im Fernsehen? Wenn ich ihnen allerdings sagte, was mir wirklich zu schaffen machte, ich kann nicht schreiben, kann nicht schreiben, kann nicht schreiben, dann lagen sie sich in den Armen und kugelten sich vor Lachen auf dem Teppich.

»Ich gehe ins Theater«, sagte ich. »Wird nicht spät.«

Keiner der beiden antwortete, also sagte ich noch zwei Mal: »Ich gehe, ich gehe.« Meine Söhne verbrachten ihr Leben mit Kopfhörern auf den Ohren, ich war mir nie sicher, ob sie mich hörten, und das meiste, was ich sagte, blieb in der Luft hängen. Ob sie mich gehört haben?, fragte ich mich, während ich sie genau beobachtete auf der Suche nach einem Zeichen von Bestätigung. Unsere Unterhaltungen hatten wenig von einem Tennismatch, plong plopp, plong plopp, sie glichen eher einer Fahrt übers Meer an einem stürmischen Tag.

Die Ankunft der Kopfhörer war mit Marcs ersten Klavierstunden einhergegangen. Ich wäre nie auf die Idee gekommen, ihn ein Instrument lernen zu lassen, weil bei mir daheim niemand auch nur ansatzweise musikalisch gewesen war, eher im Gegenteil, aber einmal kam unser Nachbar von unten zu Besuch, Bosco, der ein großer Musikliebhaber war und obendrein in einem Chor sang. Beim Tee erzählte er mir, Marc habe sich eine App zum Klavierspielen heruntergeladen und bringe es sich selbst bei. Wie das Haareschneiden, dachte ich. Wie sonderbar Kinder waren, wie beglückend, an ihnen Eigenschaften zu entdecken, die ihren Erzeugern gänzlich fehlten! Durch sie hatte ich ihre Eltern besser kennengelernt. Eigenschaften, die bei ihren Eltern nur latent vorhanden waren, halb schlummerten oder tief verborgen lagen, gelangten bei den beiden kräftig und quicklebendig zur Blüte. Óscars Eitelkeit und sein untrügliches Auge, seine Neugier und seine Fähigkeit, im Nu das Wesen eines Menschen zu erfassen, die Sturheit von beiden (mich konnte man zu fast allem überreden). Marcs Pflichtbewusstsein, sein Schweigen, sein tiefsinniges, unergründliches Leben, seine grenzenlose Freundlichkeit gegenüber Fremden; der leichte Snobismus (den man mir eher vorhalten konnte als seinem Vater) des einen und die Gleichgültigkeit des anderen gegenüber Äußerlichkeiten; der Humor von beiden. Ihre schlechten Eigenschaften (eine gewisse Ichbezogenheit und Gleichgültigkeit gegenüber vielem, was sie nicht direkt betraf) waren weniger spannend, fanden sich schließlich bei den meisten Menschen in diesem Alter, würden, wie ich hoffte, vorübergehen und waren daher verzeihlich. Ich durfte zusehen, wie diese beiden Kinder sich in Erwachsene verwandelten, und das schien mir eine so aufregende Unternehmung wie die Mondlandung.

»Warum meldest du ihn nicht an der Musikschule im Viertel an? Meine Töchter gehen gern dorthin«, schlug Bosco vor.

Ich wusste nichts davon, dass Marc sich einen Klavierkurs heruntergeladen hatte. Ich vermied den Blick auf die Bildschirme der elektronischen Geräte meiner Söhne, fürchtete immer, sie würden welche von diesen widerwärtigen und boshaften Sachen machen, die man laut Zeitungen und Kinderpsychologen mit einem Computer machen kann. Ich hatte nie das Bedürfnis verspürt, mehr zu wissen als das, was andere mir erzählen wollten. Das Verlangen danach, jede Einzelheit des verborgenen Lebens geliebter Menschen zu kennen, schien mir kein aufrichtiger Beweis von Zuneigung oder Interesse. War es nicht eher ein Mangel an Vertrauen, ein Zeichen von Einfalt und der unterschwellige Wunsch, den anderen zu kontrollieren? Zählte sie gar nicht, die Scham?

Auf dem Musikgerät, das wir gemeinsam nutzten, war

ich für die kommerziellen und neueren Stücke verantwortlich, Marc für die klassischen, anspruchsvollen. Manchmal schob sich, wenn ich zum Einkaufen oder Autofahren irgendeinen beschwingten Titel suchte, ein großartiges Fragment klassischer Musik dazwischen, und ich hielt versteinert für einen Moment inne, als hörte ich einen fernen Ruf, ein Glockengeläut, eilte dann aber immer schnell weg davon, weil mir schien, ich sei zu alt und hätte nicht die Zeit für eine weitere große Liebe.

Anfangs übte Marc am Piano ohne Kopfhörer, doch nachdem ich ihn einmal, als ich zu arbeiten versuchte, darum gebeten hatte, sie aufzusetzen, spielte er nie mehr, ohne das Instrument vorher stumm zu schalten. Da halfen alle meine Bitten und vorgetäuschten Drohungen nicht. Nach zwei oder drei Jahren Stille, die ich nutzte, um ein Buch zu schreiben, dachte ich, dass mein Sohn vielleicht doch nicht so viel Talent fürs Klavierspielen besaß, wie unser musikalischer Nachbar behauptet hatte, und es ihm womöglich peinlich war, vor Publikum zu spielen. Mein Cousin Álex hatte mit vier Jahren angefangen, Tennis zu spielen, und immer gesagt, das würde ihm Spaß machen, meine Großeltern hatten ihm sogar die Mitgliedschaft im Real Club de Tenis bezahlt. Bis meine Tante zufällig irgendwann an der Tennisschule vorbeikam und sich entschloss, hineinzugehen und zu fragen, wie Álex sich so machte. Vom Tennislehrer erfuhr sie, dass er nicht einen Kurs weitergekommen war, er trainierte auf demselben Niveau wie im ersten Jahr. Natürlich verlor niemand in der Familie ein Wort darüber, wir wunderten uns aber auch nicht, als er mit achtzehn seinen Mitgliedsausweis verkaufte, um sich ein Motorrad zuzulegen.

Bei Marc war das nicht der Fall, wie ich ab einem bestimmten Zeitpunkt (als er gut genug dafür war) bei den Trimesterkonzerten der Musikschule feststellen konnte. Das Vorspielen fand in einem Seniorenheim statt, in einem großen Saal voller Kunstwerke, die zu beweisen versuchten, dass in uns allen ein Künstler steckt. Als ich ihn das erste Mal spielen hören sollte, war ich so aufgeregt, dass ich dachte, ich würde ohnmächtig werden. Außerdem machte ich mir Sorgen, ich könnte im entscheidenden Moment nicht mehr wissen, wie ich die Videokamera an meinem Handy aktivierte. Am Ende ging alles gut, Marc spielte ein paar Minuten eine Art entschlossenen und heroischen Marsch, der leidenschaftlich war und etwas steif, so wie er selbst. Er verspielte sich kein einziges Mal, es war schön, seinen breiten Rücken von der Musik bewegt zu sehen wie von einer sanften Dünung.

Also trat ich an seine Zimmertür und klopfte leise.

»Waahas?«, antwortete er.

»Ich gehe ins Theater«, sagte ich. »Dein Bruder spielt Marsmännchen am Fernseher, bestellt euch zum Abendessen, was ihr wollt.«

Marc schaute vom Rechner auf, sah mich mit gerunzelter Stirn an und nuschelte einen Satz, von dem ich nur die Wörter »dämlich«, »Playstation«, »Nervensäge«, »Zumutung« und »unverschämt« verstand.

In Wahrheit blieben die beiden gern allein, auch wenn Marc sich beschwerte, weil er auf seinen Bruder aufpassen musste. Mehr als einmal hatte ich sie beim Nachhausekommen plaudernd und lachend auf dem Sofa angetroffen. Zwischen den beiden lagen sechs Jahre, durch den Altersunterschied hatten beide in gewisser Weise etwas von den Vorteilen von Einzelkindern genossen, ohne auf das Vergnügen verzichten zu müssen, dass sie zu zweit waren, zusammenhalten und sich gegen mich verbünden konnten. Als Óscar geboren wurde, schrieb Marc ihm einen Brief: »Willkommen auf dem Planeten Erde«, stand drin. Beide und auch ihre jeweiligen Väter warfen mir vor, ich hätte ihn verschusselt, aber ich wusste, er war irgendwo, wahrscheinlich in einer der noch nicht ausgepackten Kisten vom letzten Umzug, und wenn wir ihn irgendwann brauchten, würde er wie von selbst wieder auftauchen.

3

Die Abendsonne streichelte meine Lider. Es gab Tage, an denen ich mich noch immer außerordentlich stark fühlte, gerne zu Fuß ging, mein Körper ging gerne zu Fuß, und ich führte ihn häufig spazieren. An guten Tagen machte ich schnelle, ausladende Schritte, die mich dem Himmel entgegentrieben, kam rasch herab, weil ich vorwärts wollte, und wenn der Fuß vorne erneut den Boden berührte, schob er mich weiter und nach oben wie eine Sprungfeder. Ich spürte, wie sich die Muskeln in meinen Beinen, gehorsam und beweglich, dehnten, sich streckten. Mein Körper hatte mir verlässlich gedient, meine Zuneigung zu ihm war nur vergleichbar mit der, die ich für einige meiner Hunde empfunden hatte. Manchmal vergaß ich ihn für eine Weile, in den Wintermonaten oder wenn ich nicht verliebt war. Und ihn zurückzugewinnen, plötzlich meine wie Schlangen umeinander gewundenen Beine zu entdecken oder meine langen, plattgedrückten Füße (»Sieht aus, als wär dir ein Elefant draufgelatscht«, sagte Marcs Vater immer), machte mich so gut gelaunt, als würde ich auf einen Welpen hinunter schauen.

Ich kam noch eben rechtzeitig beim Theater an und betrat das schon verdunkelte Parkett. Es war die letzte Vorstellung von Brunos Stück, es hatte fast ein Jahr auf dem Spielplan gestanden und hervorragende Kritiken erhalten. Im Herbst würden sie damit auf Tournee gehen, erst nach Madrid, dann in andere Städte. Der Erfolg war überraschend gekommen, seit fast zehn Jahren brachten sie mit Hingabe und Feingefühl Sprechtheater auf die Bühne, zumeist klassische Stücke, und hatten jetzt einen kurzen Text für zwei Darsteller inszeniert, geschrieben von Bruno und auch von ihm, zusammen mit einer der erfahrensten Darstellerinnen der Kompanie, gespielt. Mit dem ironisch subtilen, leicht costumbristischen Dialog zwischen einem wohlhabenden jungen Mann, der vorhat zu heiraten, und seiner schrägen Tante erreichten sie nicht nur die begrenzte Zahl der üblichen Theatergänger, sondern das Stück wuchs sich zu einer Art Gesellschaftsphänomen aus. In Kritiken wurde es mit Oscar Wilde verglichen, und ein junges Publikum (das zum Teil nie zuvor im Theater gewesen war) begeisterte sich für die Unverfrorenheit und die Originalität des Textes und verliebte sich in die Figuren, die einem, obwohl egozentrisch, intrigant und nicht besonders helle, interessant erschienen und ans Herz wuchsen.

Ich hatte mir das Stück schon vier Mal angeschaut. Mit großem Vergnügen, obwohl ich für Theater meist nicht viel übrighatte. »Das ist die einzige Kunstrichtung der Welt, bei der sich alles um einen einzigen Schöpfer dreht: Shakespeare«, sagte ich zu meinen Freundinnen aus Theaterkreisen. Ohne ihn wäre das Theater schon vor langer Zeit eingegangen, spätestens mit der Erfindung des Kinos, das sei doch viel beweglicher und unterhaltsamer. Das Theater gebe es noch, weil es Shakespeare gegeben habe. Nicht mal bei Messi oder Michelangelo sei das so! Eigentlich war ich nur so oft in dem Stück gewesen, weil ich ein bisschen in Bruno verliebt war. Wenn er die Bühne betrat, ging ein leichtes Beben durchs Parkett. Im Jahr zuvor hatte er bei einer sehr erfolgreichen Polizeiserie im Fernsehen mitgespielt, und die

Leute gingen ins Theater, um ihn zu sehen. Er wirkte etwas müde, ein violetter Schatten unter seinen umwölkten, kastanienbraunen Augen verriet, dass er wenig geschlafen, Poker gespielt oder getrunken hatte oder spät in der Nacht noch mit dem Motorrad durch die Stadt gestreunt war.

Fast zwei Jahre, seit wir uns zum ersten Mal begegnet sind!, dachte ich und sah mich um. Mir schien, die Mehrheit hier waren Frauen, allerdings nicht weiter ungewöhnlich, hierzulande war die Kultur (genau wie die Kindererziehung) überwiegend Frauensache. Bruno hatte ich über Violeta kennengelernt, die Leiterin der Theaterkompanie, an einem Nachmittag auf einer Caféterrasse im Ciudadela-Park. Sie begannen gerade mit den Proben zu dem Stück, und Barcelona ergab sich willig und träge dem nächsten heißen Sommer. Ich war mit Violeta und mit einem Malerfreund verabredet, mit dem ich ein paarmal ausgegangen war und der die Kulissen entwerfen sollte. Erst achtete ich nicht weiter auf Bruno, der mich neugierig und überrascht betrachtete. Er war daran gewöhnt, erkannt und bewundert zu werden, sah fabelhaft aus mit seinem offenen, einprägsam männlichen Gesicht, der breiten Stirn und Augen, die weit auseinanderstanden wie bei einem Reh, alles wie dafür gemacht, fotografiert oder gefilmt zu werden. Wir redeten nicht viel bei dieser ersten Begegnung.

»Ich hab dich gelesen«, sagte er.

»Und ich dich gesehen«, antwortete ich.

»Ich warte sehnsüchtig auf deinen nächsten Roman.«

»Sehnsüchtig?«, sagte ich. Und wir lachten beide. »Und ich komme auf jeden Fall zu eurer Premiere.«

Und wir wandten uns wieder unseren jeweiligen Gesprächspartnern zu, ich mich dem Bühnenbildner und er sich Violeta. Ich sah ihn nicht noch einmal an, bis wir aufstanden, um zu gehen. Auf dem Weg zum Ausgang des Parks blieben Violeta und ich ein paar Meter hinter den beiden zurück. Als ich sie da vor uns gehen sah, bemerkte ich ihre Ähnlichkeit, Bruno hatte fast die gleiche Statur wie der Maler, beide waren schlank, gut gebaut und sehr groß, aber Brunos Schultern waren etwas breiter, seine Hüften etwas schmaler, sein Gang gelöster und selbstbewusster. Er ging, als würde er denken, dass die Welt ihm gehörte, als würde er am Meer entlangspazieren und wäre noch unentschieden, welches Schiff er besteigen wollte. Plötzlich spürte ich in mir eine Welle aus Fröhlichkeit und Zuversicht. Er war etwas jünger als ich, aber ich hatte den Eindruck, dass die Männer die Zeit überfliegen, dass sie entweder Kinder oder Erwachsene waren, fast nie etwas dazwischen, als kämen sie mit einem festgelegten Alter zur Welt. Wir Frauen entdeckten mit vierzig, wie alt wir tatsächlich waren, alles davor war ein Tanz der Verkleidungen.

Und da, leicht und zu den unglaublichsten Gaukeleien fähig wie ein Schmetterling inmitten des sonnigen Parks, verließen mein Interesse und meine Neugier den Maler und landeten mit zartem Flügelschlag auf dem Schauspieler mit dem dunklen Blick. Nur die Frivolität erlaubt einen solchen Salto mortale.

In der nächsten Bar, in die wir uns setzten, war bereits alles verwandelt: der Ort (ein gewöhnliches Stadtteillokal, überhaupt nichts Besonderes) kam mir perfekt vor; die Bedienungen entzückend; die Mandeln, die sie uns hinstellten, die besten meines Lebens. Und sämtliche Themen, die in unserem Gespräch aufkamen, waren plötzlich mitreißend. »Da werde ich ein Buch drüber schreiben!« »Darüber auch!« »Und darüber ebenfalls!«, versicherte ich und stopfte dazu Mandeln in mich hinein. Die hypnotische Beleuchtung war aufgeflammt, sanft und der Verführung zuträglich, ein Lodern, das zugleich als Lupe und als Filter diente, alles hervorhob und verschönerte, was ich zu sehen wünschte, und alles verwässerte und sogar zum Verschwinden brachte, was mir eines Tages missfallen würde. Nicht dass ich es nicht gesehen hätte, ich sah es glasklar, doch überwog das Verlangen, glücklich zu sein. Nach einer Weile behauptete mein Malerfreund, er müsse ein Bild fertigstellen, und verschwand.

Und auf diese Weise vermischten sich zwei Welten, die des Theaters und die des Schreibens, die es trotz ihrer Nähe und vieler Gemeinsamkeiten – gewaltige Egos, wütende Liebes- und Hassgeschichten, eine gewisse Inzucht und ein Hang zur Übertreibung – nicht übermäßig oft miteinander zu tun bekommen. Mir machte es Spaß, Bruno zu literarischen Veranstaltungen mitzunehmen und die fragenden und erstaunten Gesichter zu sehen, wenn die Leute ihn erkannten. Er schleppte mich ebenfalls zu seinen sozialen Anlässen, die bohemehafter, ausgelassener und weniger förmlich waren als meine, oder vielleicht fand ich sie auch nur unterhaltsamer, weil sie etwas Neues boten. Auf einer dieser Schauspielerpartys daheim bei einem von ihnen, erhob Bruno, der schon zu viel getrunken hatte, dann eines Abends sein Glas und rief: »Auf meine Freundin, die Schönste unter den Intellektuellen und die Intellektuellste unter den Schönen.« Und alle applaudierten eifrig, während ich vor Scham starb und er mich umarmte. Das war seine Art, die Verbindung offiziell zu machen. Als wir am frühen Morgen zu ihm in die Wohnung kamen, warf er sich aufs Bett, und sagte, ehe er die Augen schloss: »Jetzt sind wir ein Paar, was? Nicht vergessen.« Eine Woche später stellte er mich seinen Eltern und seinen Geschwistern vor. Sie adoptierten mich umgehend. Fast unmerklich und ohne weiter darüber nachzudenken, glitt ich den sanften Hang hinab in eine feste Beziehung, gegründet auf Sicherheit, Liebe, Loyalität und Vertrauen.

Bruno war geselliger als ich und fühlte sich überall wohl. Außerdem ließ er sich wie jeder gute Schauspieler einfach und mühelos von denen anstecken, die ihn umgaben, und fügte sich in alles ein, was, und sei es nur oberflächlich und vorübergehend, seine Aufmerksamkeit weckte. Er erfasste Dinge intuitiv und blitzartig. Mehr als einmal hatte ich gesehen, wie er zu der Person wurde, die ihm gegenübersaß, nach kaum fünf Minuten ihre Haltung, ihren Tonfall und sogar ihre Art zu schauen übernahm. Er merkte das nicht, und die Wirkung ließ auch schnell wieder nach, aber wie wunderbar war es doch, mit jemand zu leben, dessen Arbeit nicht darin bestand, er selbst zu sein, noch den letzten Tropfen der eigenen Seele herauszudestillieren, sondern darin, jemand anders zu sein, und dem das so geschmeidig und unverkrampft gelang. »Warum so selbstversunken?«, fragte er mich. Und er stützte die Hände auf und ging mit leichtem Schwung in den Handstand.

Ich hatte einen elfenbeinfarbenen Rock angezogen, der übers Knie reichte, mit tiefen seitlichen Schlitzen, so dass ich ungehindert weit ausschreiten konnte. Kein gewagtes Kleidungsstück, der Seidenstoff war eher steif. Wenn ich nur dastand, fielen die Öffnungen an den Seiten nicht weiter auf, und der Rock wirkte fast züchtig. Dennoch bot er unmittelbaren Zugriff auf meinen Körper, und Bruno mochte ihn. Ich streichelte im Dunkeln meine Knie, wie manche Frauen, die sich in unbeobachteten Momenten heimlich den Hintern tätscheln, als wollten sie sicherstellen, dass er noch da ist.

Mir kam ein Theaterabend in Paris mit meiner Mutter

in den Sinn. Damals musste ich Anfang zwanzig gewesen sein. Wir sahen *Der eingebildete Kranke* von Molière an der Comédie-Française. Den Nachmittag hatte ich damit verbracht, mit Luca, dem Sohn von einer der besten Freundinnen meiner Mutter, Parfüms zu testen. Luca war Wissenschaftler und kombinierte seine Arbeit im Labor mit einer Leidenschaft für Düfte. Wir hatten die Stadt abgelaufen, wunderbare Geschäfte besucht mit Teppichböden, die jedes Geräusch schluckten, mit Kronleuchtern und durchsichtigen Ballons mit kleinen vergoldeten Hähnen am Fuß, über die man die winzigen geschliffenen Flaschen befüllen konnte, die sich auf den Verkaufstheken reihten. Alle Angestellten erkannten Luca und wussten, dass er unbestechlich war. Etliche Modezeitschriften hatten um seine Mitarbeit gebuhlt, aber am Ende veröffentlichte er seine Artikel über Düfte in einem kleinen Schweizer Wissenschaftsmagazin, das keine Parfümwerbung schaltete. Auf diese Weise behielt er seine Unabhängigkeit und das Recht zu sagen, was ihm passte. Ich testete vier oder fünf verschiedene Düfte, die er für mich aussuchte: an einem Handgelenk, am andern, in der Armbeuge, hinterm Ohr, bis keine freie Stelle an meinem Körper mehr übrig war und mein Geruchssinn nicht mehr in der Lage, noch weitere Duftnoten zu erkennen und zu goutieren. Da sagte Luca, ich solle mir eins der Parfüms aussuchen, und schenkte mir einen winzigen Flakon der kostbaren Substanz, die einige Monate später verschüttet auf dem Badezimmerboden einer Studenten-WG im Süden von London endete, als eine Freundin mit langen, schlaksigen Extremitäten sie versehentlich hinunterwarf.

Ich kam im Laufschritt bei der Comédie-Française an und hatte nicht die Zeit gehabt, beim Hotel vorbeizugehen und mich umzuziehen. Wir nahmen unsere Plätze ein, und sofort hob sich der Vorhang. Wenig später, ich begann mich bereits zu langweilen und hing meinen Gedanken nach, fing jemand hinter mir an, meine Haare zu streicheln. Die Bewegung war nicht unvermittelt oder aggressiv, die Person auf dem Platz hinter mir rückte einfach meiner Lehne etwas näher und strich mir mit der Hand übers Haar, leicht, mehrfach. Reglos saß ich da, überrumpelt, hin- und hergerissen zwischen Entrüstung und Wonne. Ich hatte nie, wohl weil ich leichtfertig war, diese festen Grenzen errichtet, wie sie andere um ihre Körper ziehen, ich hatte meinen immer frohgemut und sorglos hergeschenkt. Er hatte vor allem durch andere Körper gelebt, war ein wiederholt und glücklich erobertes Land, ließ sich politisieren und instrumentalisieren, war ein Analphabet.

Zwischen den Akten berichtete ich meiner Mutter flüsternd, was vorging. Sie sah mich lächelnd an und sagte, als wäre es das Normalste der Welt: »Wir sind in Paris. Und außerdem duftest du zum Anbeißen nach all den Parfüms, die du heute mit Luca getestet hast. Ist offenbar aufgefallen.«

Als ich mich nach dem Ende der Vorstellung umdrehte, war der Mann verschwunden.

Nachdem Brunos Stück vorüber war, holte ein Angestellter des Theaters mich ab und brachte mich hinter die Bühne. Die Produzenten gaben zum Abschied einen Empfang, ehe es in die Ferien ging. Die neue Spielzeit würden sie in Madrid eröffnen, und erst im nächsten Frühjahr in die Stadt zurückkehren, mit einem neuen Stück. Sämtliche Mitglieder der Kompanie waren eingeladen, dazu einige Freunde. Ich entdeckte Violeta auf der anderen Seite der Bühne im Gespräch mit einem befreundeten Journalisten. Als sie mich sah, schwenkte sie ihre Zigarette in der Luft und warf mir einen Kuss zu. Die Schauspielerin, die die Tante von Brunos Figur verkörperte, saß mit einem Whiskyglas in der Hand auf einer Art Pappmaschee-Thron, umringt von jungen Schauspielern, die zu ihren Füßen lagerten. Sie trug ein Kleid aus nachtblauem Satin mit einem Schlitz an der Seite, der endlos lange Beine offenbarte, bleich und gespenstisch, und am Ausschnitt eine runde Saphirbrosche, Ton in Ton mit ihren Augen. Sie war fünfundsiebzig Jahre alt und für ihre Darstellerleistung ebenso bekannt wie für ihre Unausstehlichkeit. »Ich bin nicht in der Epoche der Nettigkeiten geboren«, sagte sie, wenn Journalisten auf eine ihrer Entgleisungen zu sprechen kamen, und knurrte: »Ich bin Schauspielerin, nicht Mutter Teresa, das wäre zu viel verlangt.« Der Bühnenbildner, mit dem ich geliebäugelt hatte, ehe ich Bruno kennenlernte, sprach ernst und konzentriert, die Stirn in Falten gelegt, mit einer jungen Frau in einem Blumenkleid. Als ich die Hand zum Gruß hob, tat er, als würde er mich nicht sehen. In diesem Augenblick räusperte sich jemand durchs Mikrofon, ein Scheinwerfer erstrahlte, und ich spürte, wie ich am Ellbogen genommen wurde:

»Gehen wir, die Reden fangen gleich an«, sagte Bruno, »sie würden dich zu Tode langweilen. Und ich muss dir was sehr Wichtiges zeigen.«

Ich folgte ihm durch einen heruntergekommenen, von nackten Glühbirnen beleuchteten Gang in seine Garderobe, er schob mich sanft hinein und verriegelte die Tür. Ich lächelte beim Gedanken an meinen Rock.

4

Danach fuhren wir zum Abendessen in ein Restaurant, das Violeta im oberen Teil der Stadt gefunden hatte.

»Ganz neu, wird euch gefallen«, sagte sie. »Sie haben gerade erst aufgemacht.«

Es war spät geworden, und ich wäre gern zu Hause gewesen, gab aber schließlich dem Drängen meiner Freunde und dem Versprechen auf weiteren Champagner nach. Ich hatte eine ziemlich wilde Zeit hinter mir und bemühte mich gerade, weniger auszugehen und zurückzufinden in meine Arbeit als Übersetzerin von Büchern aus dem Französischen und Englischen. Ich hatte herausgefunden, dass ich drei Tage am Stück zu Hause bleiben konnte. Wenn ich dann erneut einen Fuß auf die Straße setzte, um mit den Kindern irgendeine Besorgung zu machen, ins Kino zu gehen oder jemand zu treffen, kam ich mir vor, als würde ich einen fremden Planeten betreten, neue Luft atmen, manchmal schwindelte mich sogar leicht, wurden mir die Knie weich und ich musste mit der Hand meine Augen schützen, weil mich das Sonnenlicht blendete. Nicht so prickelnd wie ein leichter Schwips, aber kurz fühlte ich mich doch wie eine Entdeckerin, die auf unbekanntes Gebiet vordringt.

Die anderen nahmen ein Taxi, und wir stiegen auf Brunos Motorrad. Er war immer mit dem Motorrad unterwegs, er sammelte Motorräder, umsorgte sie und fuhr mit ihnen wie mit Lebewesen spazieren. Als wir uns kennenlernten, schickte er mir gleich zu Beginn ein Foto von seinem Lieblingsmotorrad, was mir gleichzeitig sehr sexy und sehr bescheuert vorkam.

»Deine Agentin wird nicht mit dem Champagner geizen, oder?«, sagte ich, ehe wir hineingingen. »Ich muss ein bisschen trinken, sonst schlafe ich ein.«

Er lachte.

»Bestimmt nicht, sie ist doch immer spendabel und schindet gern Eindruck bei ihren Klienten.«

»Außerdem ist es schrecklich deprimierend, wenn man ein Essen mit Champagner beginnt und dann bei Wein landen muss. Findest du nicht? Passiert ständig.«

»Ja, fürchterlich«, sagte er, »das schlimmste Schicksal, das ein Mensch erleiden kann.«

»Obwohl, wenn ich es recht bedenke, ist es noch schlimmer, wenn du gefragt wirst, ob du Champagner magst und sie dir dann Cava einschenken, das kann einem den Abend verderben.«

Darauf sagte er nichts. Bruno stieg immer freudig auf meine erste snobistische Bemerkung ein, nicht aber auf die dann folgenden, was mich, statt mich zu stoppen, dazu anstachelte, weiterzumachen. Wenn man nicht aufpasste, war man fast so schnell in den Snobismus hinabgeschliddert wie in die Feierlichkeit, diese arg lästige, männliche Marotte, die neuerdings mit großer Begeisterung auch von einigen Frauen übernommen wurde. Die Frivolität hingegen, dieses wundervolle Vehikel für Klugheit und Witz, war irgendwo abgestellt und vergessen worden. Man konnte bloß noch im Ernst sprechen. Wolken aus Langeweile, Tadel und Entrüstung drohten jeden Tag mit Unwettern und durchnässten uns bis auf die Knochen.

Das Restaurant lag im Erdgeschoss eines alten, etwas heruntergekommenen Hauses. Man betrat es über ein paar Stufen, die von kleinen, pilzförmigen Lampen beleuchtet wurden. Die Wände waren in einem weichen Ockerton gehalten, und der hintere Bereich ging auf einen Innenhof, beherrscht von einer prächtigen Kastanie, um die unter einem segelförmigen Sonnenschutz ein paar Tische gruppiert waren. Betrieben wurde es von einem Ehepaar aus Frankreich: Der Mann, groß, kräftig und mit Bart, kümmerte sich um die Küche, seine etwas jüngere Frau, die glattes, bis zur Hüfte fallendes Haar hatte und einen erdfarbenen Seidenkimono trug, empfing uns freundlich, aber etwas lustlos. Wie viel leichter war so manches doch zu ertragen, wenn die Person, die es einem zumutete, gut gekleidet war! Eine Nichte fungierte mit ein paar Freunden, alle in Schwarz, als Bedienung. Der Raum wurde von Seidenlampen in ein sanftes, aber ausreichendes Licht getaucht, die Stühle aus hellem Holz hatten geflochtene Sitzflächen und Lehnen, und auf dem Boden lagen Sisalteppiche. Wie vertraut das alles aussieht, dachte ich, wie die Wohnzimmer der Freunde meiner Mutter und wie bei uns daheim.

»War ich hier nicht schon mal?«, fragte ich Bruno.

»Mit mir jedenfalls nicht«, sagte er, »vielleicht mit einem andern.«

Ich schmunzelte.

Aber als Virginia, seine Agentin, aufstand, mich begrüßte und fragte, ob ich das Restaurant kennen würde, bestätigte ich das, ohne zu zögern.

Sie platzierte Bruno rechts neben sich und mich ans andere Ende des Tischs. Sie war unübersehbar ein bisschen in Bruno verliebt. Als ich ihm das einmal eher scherzhaft sagte (eifersüchtig war ich nie), entgegnete Bruno ernst:

»Damit Agenten es bringen, müssen sie in ihre Klienten verliebt sein, dann gehen sie auch ans Telefon, wenn du morgens um zwei anrufst, übernehmen die Schulanmeldung für deine Kinder oder suchen dir eine Wohnung; zum Geburtstag schicken sie dir Blumen, spornen dich an, damit du ein besserer Schauspieler wirst, und bestätigen dir gleichzeitig ständig, was für ein Genie du schon bist. Wir Schauspieler haben einen Knall, wir brauchen es, dass man uns wahnsinnig liebt, vor unserem gottgleichen Talent in die Knie geht.«

»Ha! Schriftsteller sind auch so«, sagte ich.

»Glaub mir, sie ist nicht wirklich in mich verliebt, sie ist nur gut in dem, was sie tut – die Beste.«

Aber ich hatte gesehen, dass Virginia, die ihm gegenüber so großzügig und vereinnahmend war, im Umgang mit anderen Klienten (eine Abteilung ihrer Agentur kümmerte sich um die Vertretung von Drehbuchautoren) unternehmerisch kühl und förmlich auftrat. So freundlich und hilfsbereit, wie sie sich mir gegenüber verhielt, war der Gedanke schwer loszuwerden, dass sie mich im Grunde nicht ausstehen konnte.

Sie war auch die Agentin von Carmen Dumoulin, der Schauspielerin, die in dem Stück mit Bruno auf der Bühne stand. Sie hatte ihre Enkelin zu dem Abendessen mitgebracht, eine junge Frau, die am Anfang ihrer Karriere als Schauspielerin stand, still, beobachtend und sehr hübsch. Etwas missmutig stellte ich fest, dass auch Violetas Mann unter den Gästen war. John war ein bekannter Menschenrechtsanwalt, spezialisiert auf die Jagd nach Exdiktatoren, lebte das halbe Jahr in Brooklyn und war Vegetarier. Und ein Korinthenkacker vor dem Herrn. Ich beobachtete ihn und dachte mit Bedauern für meine Freundin: Violeta, die Straßen sind doch voll von attraktiven und erfreulichen

Männern, wieso musstest du dir so eine Schlaftablette aussuchen?

Sie fingen sofort an, über die Arbeit zu reden. Ab September würde die Hälfte der Kompanie mit Brunos Stück nach Madrid gehen und die andere Hälfte in Barcelona bleiben und die neue Produktion proben. Was häufige Reisen bedeutete und voraussichtlich die Verpflichtung von ein oder zwei neuen Mitarbeitern für die Logistik nötig machen würde. Virginia erinnerte mehrfach daran, dass Bruno ab März in den USA eine Serie drehen würde, was die anderen aber längst wussten und was auf die Terminplanung der Kompanie keinerlei Auswirkung hatte.

»Aber keine Bange«, sagte sie dabei einmal mit einem kurzen Blick zu mir herüber, »er kommt dich bestimmt so oft besuchen, wie er kann.« Und sie lächelte sanft.

Danach redeten sie über Leute, die ich aber alle nicht kannte, so dass ich Mühe hatte, dem Gespräch zu folgen.

John, der Diktatoren jagende Vegetarier, war entzückt, dass er in Ginebra, der Enkelin von Carmen Dumoulin, eine interessierte und nachsichtige Zuhörerin gefunden hatte. Ich betrachtete ihn eine Weile, er schwitzte stark. Der ist doch unmöglich Vegetarier, dachte ich. Ich schob ihm die Platte mit dem Schinken hin. Er bemerkte es nicht, hatte angefangen über Menschenrechte zu sprechen, machte mit der Erderwärmung weiter, streute lässig hier und da die Namen der ungezählten berühmten Aktivisten ein, die er kannte, und kam schließlich auf den neuen Feminismus zu sprechen, die Sahnehaube auf diesem unverdaulichen Kuchen. Ich stand auf, entschuldigte mich damit, ich müsse die Kinder anrufen, und ging nach draußen.

Noch war es nicht übermäßig heiß, doch wie Admiral Boom aus *Mary Poppins* wusste ich, dass der Wind bald drehen würde. Das Leben eilte dem Sommer entgegen, der einzigen Jahreszeit, die sich selbst genügt und auf nichts anderes wartet. Im Katalanischen gibt es das Sprichwort: »A l'estiu tota cuca viu« – der Sommer belebt jeden Wurm. Das stimmte. Ich zündete mir eine Zigarette an, während ich die Straße betrachtete, erinnerte mich, dass nicht weit von hier meine Freundin Sandra gewohnt hatte, bei der ich als Kind ständig zum Spielen war. Und zwei Straßen weiter oben die Schule. Und der Park. Und die Kneipe, wo die Jungs, die uns gefielen, zum Billardspielen hingingen.

»Was machst du? Alles in Ordnung?«, fragte Bruno, der plötzlich neben mir stand. »Langweilst du dich? Dieser John kann ein ziemlicher Schwätzer sein, aber er ist schon in Ordnung, er hat vielen Leuten geholfen. Und wir anderen reden die ganze Zeit nur über Theatergezänk. Wie unhöflich! Entschuldige. Wir wären besser noch ein bisschen in der Garderobe geblieben.«

Ich lächelte.

»Ja, war vergnüglich, aber ich bin ziemlich müde, ich war ewig nicht in diesem Teil der Stadt, meine alte Schule ist fünf Minuten von hier.«

»Wir gehen bald, keine Sorge. Aber was anderes: Virginia hat uns gerade in ihr Haus auf Mallorca eingeladen. Sie hat ein zusätzliches Gästehäuschen, dort wären wir ganz ungestört. Klingt gut, oder?«

»Ja, Mallorca ist nett, ich war ewig nicht dort.«

Die Kinder würden morgen mit ihren jeweiligen Vätern in die Ferien aufbrechen, und ich hatte für dieses Jahr bisher keine Pläne. Es machte mir nichts aus, ein paar Tage allein in Barcelona zu bleiben. Mit den leeren Straßen und vielen geschlossenen Geschäften würde ich die Liebe zu meiner Stadt zurückgewinnen, diesen Schwung der ersten Verliebtheitstage, als ich nach meiner Rückkehr aus England begriff, dass es hier war, wo ich leben wollte. Wir würden wieder für uns sein, sie und ich, und Hand in Hand erneut die Nähe aufbauen, die über dem Getöse der letzten Monate verloren gegangen war. Nachts im Bett bei offenem Fenster in vollkommener Stille konnte ich spüren, wie sie atmete, erschöpft, gleichmäßig und unterirdisch. Alle meine Beziehungen waren Paarbeziehungen, sogar die zu meiner Stadt.

»Was hast du jetzt vor, wo das Stück abgespielt ist?«, fragte ich Bruno.

»Weiß nicht, ich würde gern mit dir zusammen irgendwohin fahren, wo wir uns durchlüften können, ich muss ein bisschen raus aus der Stadt.«

»Wir überlegen uns das noch, ja?«

Als ich den Gastraum betrat, überkam mich wieder das Gefühl, schon einmal hier gewesen zu sein. Diese Stühle! Zierlich wie kleine blonde Giraffen, die gerade auf die Beine gekommen sind. Und plötzlich musste ich an ein viele Jahre zurückliegendes Spiel mit Stühlen denken auf einem Geburtstagsfest. Ich war sechs oder sieben. Nach dem Essen machten sie immer dieses Stühlespiel mit uns, das eine Qual für mich war: Ich hatte einen Horror davor, als Letzte noch dazustehen, wenn die Musik aussetzte, oder zu stolpern und hinzufallen oder mich mit irgendeinem Kind um einen Stuhl zu streiten. Ich verstand nicht, wieso wir das spielen mussten. Das Spiel gefällt doch niemand!, dachte ich, sollen die Großen doch spielen, wenn sie wollen. Und jedes Jahr dasselbe: Kaum hatten wir fertig gegessen, wurden die Stühle im Saal im Kreis aufgestellt, und Musik ging an. Ich war im Restaurant von Gemas Vater. Mit Ausnahme der Stühle war alles verändert, aber der Ort war derselbe.

5

An diesem Abend konnte ich sonst nichts mehr in Erfahrung bringen. Die neuen Pächter erinnerten sich nicht einmal an den früheren Namen des Restaurants. Das Lokal war jahrelang geschlossen gewesen, und sie hatten es über einen Makler gemietet. Ich erinnerte mich auch nicht mehr, ich hatte den Namen gewusst, solange er eine nützliche Information darstellte, und ihn vergessen, als er das nicht mehr tat: Da ersetzten ihn die Namen anderer Orte, Straßen, Restaurants und Personen, die ihrerseits einmal vergessen und ersetzt werden würden. Ein permanenter und trügerischer Durchsatz im Gedächtnis, ein beständiges Kommen und Gehen, tatsächlich erinnerten wir uns an sehr Weniges, an einer Hand abzuzählen, alles andere erfanden wir oder borgten es uns. Die Stühle jedenfalls hatten sie eingepackt und in einwandfreiem Zustand in einer Ecke des Lokals vorgefunden, und die Frau hatte gleich einen Narren an ihnen gefressen.

Auf meinem hielt ich die Stellung, bis das Abendessen beendet war, bis John also den letzten Tropfen Wein ausgetrunken hatte. Er war der typische Trinker, der nicht vom Tisch aufsteht, bevor alle Flaschen geleert sind – dieser ziemlich verbreitete Tick hatte oft mehr mit Sparsamkeit zu tun als mit der Gier nach Alkohol. Vermutlich war ihm von seiner Mutter irgendwann in seiner Kindheit gesagt worden, er dürfe nicht vom Tisch aufstehen, solange sein

Teller nicht leergegessen war, und er hatte das so verstanden, dass es sich auch auf Wein bezog. Niemand störte sich weiter daran, dank Champagner und Mahlzeit waren wir alle von einer heiter gelassenen Lähmung befallen. Ich beteiligte mich schon seit geraumer Zeit nicht mehr am Gespräch, sah mich um und erwartete, dass jeden Augenblick eine Schar von Mädchen in hellen Kleidern, schwarzen Lackschuhen und weißen Kniestrümpfen hüpfend durch den Gastraum ziehen würde.

Wir waren begeistert, und es schien uns das Erlesenste überhaupt, dass ein Kindergeburtstag in einem Restaurant für Erwachsene stattfand. Bis auf den Hauptraum und die Küche, in der bereits die Kellner und Helfer hantierten und die Abendschicht vorbereiteten, lag das Lokal im Dunkeln. Die Tische hatte man beiseitegeschoben, damit wir spielen konnten. An einer Seite des Raums war ein langes Büfett mit allen erdenklichen Leckereien aufgebaut: Baiser, verschiedene Obstkuchen, randvolle Schalen mit Englischer Creme und Sahne, Erdbeeren, Sorbets, winzige dreieckige Sandwiches mit Käse und mit Schinken und eine große Schokoladengeburtstagstorte mit etlichen Zuckerfigürchen obenauf, die uns darstellten und die wir unter glücklichen Seufzern verschlangen.

»Es ist was Unglaubliches passiert«, sagte ich zu Bruno, als wir das Restaurant verließen. »Ich war schon mal hier! Das Restaurant hat dem Vater meiner Freundin Gema gehört.«

»Im Ernst?«

»Im Todernst.« Und ich legte einen Arm um seine Schulter, näherte mein Gesicht seinem, hob warnend einen Finger und sagte: »Sie ist gestorben. Mit fünfzehn. In nur zwei Monaten. An Leukämie. Piff, paff, puff.« Und ich küsste ihn.

Er schob mich sachte von sich. Bruno betrank sich nie, ganz gleich, wie viel er intus hatte, bekam er immer mit, was um ihn herum vor sich ging.

»Du hast mir nie davon erzählt. Das muss doch schrecklich gewesen sein«, sagte er.

»Wenn du denkst, du würdest alles über mich wissen, dann irrst du dich gewaltig. Aber du hast recht, es war schrecklich, sehr schrecklich, entsetzlich«, sagte ich, setzte dabei den Helm auf und stieg aufs Motorrad. Und, mich an seinen Rücken lehnend, schloss ich die Augen und sagte noch: »Ist aber so viele Jahre her.«

Trotzdem hatte ich sie nicht vergessen. Die Toten alterten, einige von ihnen sogar schneller als die Lebenden, aber die Toten meines Lebens waren so wenig verderblich wie die Lieben meines Lebens. Wenn ich einem Exfreund begegnete, gab es meinem Herzen immer einen Stich. Das Tier in mir erkannte das Tier in ihm, wie wenn sich zwei einander ähnliche Hunde auf der Straße begegnen und freudig mit dem Schwanz wedeln. Meine Exfreunde waren wie die Kieselsteine, die Hänsel gestreut hatte, um den Weg zurück nach Hause zu finden.

»Was dagegen, wenn du heute nicht bei mir schläfst?«, fragte ich, als wir ankamen. »Ich bin ein bisschen müde.«

»Du weißt ja, ich will immer bei dir schlafen«, sagte er, »aber natürlich, ist schon okay, wir sehen uns morgen.«

Als er das Gartentor hörte, kam Marc mir wie immer zur Begrüßung entgegen und gab mir einen Kuss auf die Stirn. In den letzten Monaten war er so stark gewachsen, dass es ihm zu mühsam wurde, sich zu meinen Wangen herabzulassen. Niemand hatte mich je auf die Stirn geküsst, es glich einer Segnung. Wem könnte ich je den Segen geben, bei meinem chaotischen und unsortierten Leben?, fragte ich mich. Meinen Enkelkindern vielleicht, wenn ich es rechtzeitig hinbekäme, mich in die respektable Person zu verwandeln, die eine andere auf die Stirn küssen kann.

Marc war dabei, das Küssen zu lernen, ich merkte, dass er rumprobierte, verschiedene Techniken übte, noch waren seine Küsse nicht entschlossen und geradeaus, sondern etwas abrupt und stolpernd, man wurde schon mal von einem auf der Nase getroffen, auf dem Ohr oder den Haaren.

Küssen erforderte immer ein zweites Lernen. Als Kinder wussten wir alle, wie man küsst, ständig wurden wir gebeten oder aufgefordert zu küssen, und jeder unserer Küsse wurde ausgiebig bejubelt. Später, als Jugendliche, ergriffen wir dann Besitz von unseren Küssen. Es müsste einen feierlichen Akt zwischen Eltern und ihrem Nachwuchs geben: »Mein Kind, ab heute bestimmst du selbst, wen du küsst.« Und damit mussten wir all die Küsse vergessen, die wir (mehr oder weniger genötigt) Tanten, Patinnen, Großmüttern und sonstigen Erwachsenen gegeben hatten, und mit dem Küssen noch einmal bei null anfangen.

Óscar dagegen küsste noch wie ein Kind: Mit genau in die Mitte der Wange wie ins Schwarze einer Zielscheibe gedrückten Küssen, weich, satt, gewissenhaft und ein bisschen feucht.

Als Marc ins Bett gegangen war, schenkte ich mir ein Glas Wein ein und klappte den Rechner auf. Mechanisch, ohne mich irgendwo festzulesen, überflog ich die neuesten Nachrichten und die E-Mails, die ich bekommen hatte, falls sich in den zehn Minuten, die mit der Fahrt auf dem Motorrad vom Restaurant nach Hause vergangen waren, etwas Lebenswichtiges ereignet hätte. Und als mir die Zeitungsmeldungen und Mails langweilig wurden, gab ich den Namen meiner Freundin ein: Gema, Gema Álvarez. Ich empfand immer etwas Scham und Furcht, wenn ich den Namen von jemand eingab, den ich kannte, es war das Gleiche wie bei den Bildschirmen und den Rucksäcken meiner Söhne, die Privatsphäre geliebter Menschen musste man schützen und nicht ans Licht zerren unter dem Vorwand einer angeblichen, falsch verstandenen und überschätzten Wissbegier. Gema Álvarez. Es gab nichts über Gema Álvarez, nicht eine Erwähnung, nicht ein Foto, nicht eine Erinnerung, als hätte Gema nie existiert.

Das kann nicht sein, dachte ich, ich rufe Bruno an, er muss herkommen und mir helfen, er ist jünger als ich, er kennt sich besser mit Computern aus, ich mache bestimmt etwas falsch.

Als wäre Bruno jung gewesen. Die Jugend endete mit dreißig und er würde bald vierzig sein. Warum waren alle so erpicht darauf, die Jugend zu verlängern? Sie hinter sich zu lassen war nicht das Schlimmste, was einem zustoßen konnte im Leben. Tatsächlich waren wir die längste Zeit unseres Lebens nicht jung. Die Jugend war nicht ewig, sie war noch nicht einmal besonders lang. Und es war überaus lästig, dass sie in alles vorzudringen versuchte und ihren Mantel der Faszination über allem ausbreitete, selbst die Klugheit wurde von der Jugend gekapert. War ein erwachsener oder alter Mensch unterhaltsam, kreativ oder brillant, dann hieß es, er sei im Kopf jung geblieben. Schwachsinn!, dachte ich. Aber wenn ich Bruno jetzt anriefe und er käme, um mir zu helfen, dann würde er fraglos über Nacht bleiben wollen.

Etwas gereizt gab ich den Namen meiner Freundin noch einmal ein. Wurde nicht dauernd behauptet, dass man im Internet alles fand, die ganze Welt zum Greifen nah, so wie meine Mutter immer behauptet hatte, dass man in New

York alles finden konnte, ob irgendein im hintersten Kaff in Murcia publiziertes Anzeigenblatt oder den reinsten aller Diamanten. Das brachte mich auf die Idee, den Namen meines Vaters einzugeben, der zwei Jahre nach Gema gestorben war. Ein altes Gruppenfoto, zwei berufliche Erwähnungen, das war's. Als würde es die namenlosen Vielen, die vor dem Zeitalter des Internets gelebt und gestorben waren, nicht geben, als wären sie verschwunden, ohne eine einzige Spur zu hinterlassen. Möglich, dass es im Netz so viel gab wie in New York, aber Friedhöfe gab es nicht. Empörend, dass meine Toten namenlose Tote waren, wo sie für mich doch aufsehenerregende Tote waren! Scheiß Mark Zuckerberg!, schnaubte ich. Gema hatte fünfzehn Jahre lang gelebt, sie war durch dieselben Straßen gelaufen wie ich, sie hatte ausgezeichnete Noten bekommen, sie hatte sich verliebt, sie war klug gewesen, feinfühlig, folgsam (das war ihr einziger Fehler, war der einzige Fehler der meisten Menschen), leidenschaftlich, und sie hatte jeden Abend wie eine Prinzessin im Restaurant ihres Vaters gespeist. »Marcel«, »Marcel«!!! Das Restaurant hieß »Marcel«! Nachschauen: Restaurant Marcel Barcelona. Darüber gab es auch nichts, mit einem Streich ausgelöscht, als wäre auch das nie vorhanden gewesen. Und die Eltern? Vielleicht lebten sie noch, aber sie mussten steinalt sein und in Ruinen leben. Auch in meiner Umgebung gab es etliche Ruinen, aber ringsherum wuchsen noch Bäume, sie wurden von der Sonne beschienen, im Hintergrund sah man das Meer, und zwischen den Steinen spross Unkraut. Und wie hatten sie geheißen? Keine Ahnung. Während der Kindheit sind die Eltern unserer Freunde ohne Namen, sind eben die Eltern, ich war auch oft nur die Mutter von Óscar und Marc. Und wenn ich beim Jüngsten Gericht einst gefragt würde, wer ich war, würde ich, ohne einen Moment zu zögern, antworten, dass ich die Mutter war von Óscar und von Marc.

Kinder zu haben ist eine Kur in Demut, mehr noch als der Tod, mehr als das Vergehen der Zeit, mir war unklar, ob es für eine Frau überhaupt mit dem Schreiben vereinbar war. Um zu schreiben, musste man sich notwendig für Gott halten, man schrieb von den höchsten Höhen herab. Kinder erinnerten einen jedoch ständig daran, dass man nichts war, nicht vorhanden, das eigene Glück und das eigene Leben von ihnen abhängig. Die Beziehung zu den Eltern ist Shakespeare, Bergman. Die Beziehung zu den Kindern ist, mit etwas Glück, eine Zeitlang (aber alles ist eine Zeitlang) eine Zeichnung von Sempé, eine Episode aus *Der kleine Nick*.

Ich stürzte den Wein hinunter und ging ins Bett. Ich hatte zu viel getrunken, fürchtete, der Raum würde sich im Kreis drehen, wenn ich mich hinlegte. Als ich mein Schlafzimmer betrat, entdeckte ich Óscar in meinem Bett, obwohl er schon elf war, schlief er noch manchmal bei mir. Ich schlief reglos wie eine ägyptische Mumie am Rand, während er, schmal und länglich wie ein Fischlein, das übrige Bett belegte, eine weite schneeweiße Fläche, frisch und knisternd im Sommer, warm und kuschelig im Winter, für meine Söhne jederzeit nutzbar. Ihre private Krankenstation im Fall von Unbilden, Ärger oder Wehwehchen aller Art. Kein Kummer, der nicht im richtigen Bett geheilt werden könnte. Óscar nahm darin immer eine sehr taktvolle Haltung ein, wenn er auf der Seite schlief, stützte er die Wange mit einer Hand, als würde er nachdenken, und in Rückenlage ruhte eine Hand sehr würdevoll auf seiner Brust wie bei einer mittelalterlichen Ritterstatue, wie ich das bei seinem Vater und bei Marcs Vater unzählige Male gesehen hatte. Ich legte ihm die Hand auf den Rücken und schlief sofort ein.

6

Mich weckte das Geräusch der Dusche im Kinderbad. Mit dem Heranwachsen war Marc zu einem strengen Hygieneverfechter geworden. Seit der Zahnarzt ihm wegen Karies fast einen Weisheitszahn gezogen hatte, putzte er sich eine halbe Stunde am Tag die Zähne. Das Bohrmaschinensurren seiner Zahnbürste war zu etwas so Vertrautem und im Grunde Tröstlichem geworden wie das morgendliche Glockengeläut in Cadaqués. Bei Bruno lösten diese langen Zahnputzsessions unbändige Heiterkeit aus:

»Ah, Marc putzt sich schon die Zähne, die Welt ist in Ordnung, wir können schlafen gehen«, sagte er, wenn er über Nacht blieb.

Óscar befand sich dagegen noch in der langen Phase der Trägheit. Um zu überprüfen, ob er sich die Zähne geputzt hatte, bat ich ihn abends manchmal, mich anzuhauchen. Eigentlich versuchte ich mit diesem Manöver, in seinem vorpubertären Atem etwas von dem zarten und unverbrauchten Hauch der ersten Jahre zu finden, diesen Atem eines schlafenden Welpen, den ich eingesogen hatte, wenn ich neben ihm lag, den Kopf an seinen geschmiegt, die Augen geschlossen und vollkommen reglos, um ihn nicht zu wecken.

»Frühstücksflocken sind alle, es ist heiß, die Wohnung ist zu klein, und außerdem musste ich runtergehen und dem Briefträger aufmachen«, sagte Marc, kaum dass ich einen Fuß in die Küche gesetzt hatte.

»Ach, echt? Tja«, sagte ich seufzend.

Unter seinem vorwurfsvollen Blick bereitete ich mir einen doppelten Espresso, während Óscar, der am Küchentisch saß, über die häusliche Alltagsszene den Kopf schüttelte, die Augen rollte und sich das Lachen verkniff.

»Heißt: Wir müssen umziehen, und du musst aufhören, Bücher zu bestellen, die zu dick für den Briefkasten sind«, redete Marc weiter und biss dabei in seinen Toast mit Avocado.

Nicht genug damit, dass er sich eine Stunde am Tag die Zähne putzte, Marc nahm auch keinen Zucker mehr zu sich. Ich erwartete Großes von dieser Jugend, wer weiß?, dachte ich, vielleicht kommen sogar die Erwachsenen wieder in Mode.

»Gestern Abend war ich mit Bruno in einem hervorragenden Restaurant. Es hat früher dem Vater einer Freundin gehört, wir müssen mal zusammen hin«, sagte ich.

»Und wieso hat Bruno nicht hier geschlafen?«, fragte Óscar nach.

Die beiden hatten sich sehr angefreundet, oft schauten sie Filme zusammen, und Bruno brachte ihm Tennisspielen bei.

»Weiß auch nicht«, sagte ich, »er muss ja nicht jede Nacht bleiben.«

»Mama!«, rief er da. »Du machst doch nicht Schluss mit ihm! Er ist super, einen besseren Mann findest du nicht.«

Ich lachte. Meine Kinder sind nicht auf den Kopf gefallen, dachte ich.

»Warum sollte ich Schluss machen? Komm, wir packen deinen Rucksack.«

In der Schule hatte er für den Sommer ein paar Aufgabenhefte bekommen, die er mit großer Begeisterung begonnen, an denen er aber schnell das Interesse verloren hatte. Er war bis zu dem über Geschichte gekommen, und in dem Monat, den er bei seinem Vater verbrachte, würde er sich unter anderem damit beschäftigen müssen.

»Ich will keine Geschichtshausaufgaben machen!«, maulte er, als er sah, dass ich das Heft in seinen Rucksack schob. »Ich weiß schon, was Geschichte ist: Schwachsinn.«

»Ach, wirklich? Was ist denn Geschichte?«, fragte sein Bruder.

Marcs Vater war Geschichtslehrer.

»Ganz einfach«, sagte Óscar sehr ernst. »Geschichte ist: der Urknall, die Dinosaurier, die Griechen, die Römer, die Französische Revolution, die Klärung, Hitla und Tschernobyl.« Und nach einer Pause: »Der Urknall hat die Dinosaurier gekillt.«

Da stürzte sich Marc auf ihn und nahm ihn in die Arme: »Du bist so unmöglich!«

»Und wieso sagst du ›Hitla‹ statt ›Hitler‹?«, fragte ich.

»So wird das ausgesprochen, ›Hitla‹, ihr habt hier echt von nichts eine Ahnung.«

Sie würden mir fehlen, aber ich freute mich darauf, ein paar Tage für mich zu haben, der Alltag mit seinem Lärm und seiner dauernden Betriebsamkeit kam meinem natürlichen Hang zur Faulheit immer in die Quere. Auch wenn ich Hunde unendlich viel lieber mochte, war meine ideale Lebensweise die der Katzen: Ein bisschen aus dem Fenster schauen, bei Einbruch der Dunkelheit streunen gehen, ein, zwei Mäuse fangen. Ich musste mich an eine Übersetzung aus dem Französischen machen, die Abgabe hatte ich für Anfang Herbst zugesagt, und ohne die Kinder im Haus, ohne die Verpflichtung, für Mittag- und Abendessen und saubere Anziehsachen zu sorgen, hoffte ich, ein gutes Stück voranzukommen. Bruno würde mir Gesellschaft leisten, wir würden auf dem Sofa vögeln können oder wo es uns sonst überkäme und uns von Wein, Käse, Keksen und Obst ernähren. Außerdem wollte ich Kontakt zu meinen ehemaligen Schulfreundinnen aufnehmen und mich mit ihnen gemeinsam an Gema erinnern.

Ich brachte Marc zum Bus nach Vic, wo sein Vater wohnte, dann lieferte ich Óscar bei seinem ab, der mir mit wenig Begeisterung von der Haustür aus zuwinkte.

Óscar entfernte sich mit schnellen und entschlossenen Schritten vom Auto, er ging nicht mehr hüpfend wie ein Kind, glitt irgendwie durchtrieben über das Pflaster, sich jeder Bewegung bewusst, als hätte er einen seiner Lieblingsraps im Ohr. Wie groß er ist!, dachte ich. Ich empfand die gleiche Form von Bedauern, die ich in meiner Jugend empfunden hatte, wenn ich mich von meinem Freund verabschiedete: einen heftigen, vorübergehenden und jämmerlichen Herzschmerz. Vielleicht war ich wirklich nicht mehr verliebt in Bruno.

7

Wir wohnten in einer hellen, etwas heruntergekommenen Dachwohnung, in der die Holzbalken an der Decke wie eine Fortsetzung der Ulmen wirkten, die den Gehsteig säumten. Wenn ich den Blick vom Bildschirm hob, aus dem Fenster schaute und sah, wie die kleinen Blätter im Wind tanzten, hatte ich den Eindruck, sie würden mir zuwinken. Ihre Bewegungen und ihr geheimnisvolles Leben erinnerte mich an die Hunde, die ich gehabt hatte. Einmal fand ich morgens nach dem Aufstehen eins dieser Blätter im Wohnzimmer unter dem offenen Fenster und malte mir aus, wie es absichtlich die Straße überquert und zu mir herüber geflattert war. Ich stellte es in einem kleinen Wasserglas neben meinen Computer, bis es welk wurde und ich es schließlich mit leichten Gewissensbissen wegwarf. Vielleicht hätte ich es zwischen den Seiten eines Buches trocknen sollen, aber Einbalsamierung hatte mich schon immer deprimiert, mir war das Welken lieber, es war am Ende doch schöner.

Mit aufrichtigem Interesse und mit Liebe hatte ich ausschließlich meinen Kindern beim Schlafen zugesehen. Wenn ich die Augen aufschlug und dabei aus irgendeinem Grund dem Blick einer anderen Person begegnete, die mich ansah, spürte ich unweigerlich einen Anflug von Panik und schlechter Laune, als hätte man versucht, mich vor der Zeit aus dem Schlaf zu reißen oder etwas an mir zu entdecken, wovon selbst ich mir keine Vorstellung machte.

Ich wachte auf, als ich merkte, dass Bruno sich neben mir bewegte.

»Ich besorg uns was zum Frühstücken!«, sagte er und sprang aus dem Bett.

Sanftes, gedämpftes Licht drang durch die Spalten der Jalousie und zeichnete ein gedehntes geometrisches Muster auf den grauen Teppichboden. Es muss noch sehr früh sein, sagte ich mir. Bruno bewegte sich flink und behutsam durchs Zimmer, schattenhaft, wie Peter Pan. Im Handumdrehen war er angezogen.

Als ich die Haustür ins Schloss fallen hörte, sprang ich ebenfalls aus dem Bett und ging in die Küche, um mir einen Kaffee zu machen. Hoffentlich braucht er ein bisschen!, dachte ich. Wir hatten seit drei Tagen die Wohnung nicht verlassen, und ich spürte einen leichten Lagerkoller. Ich mag es genauso gern, wenn er geht, wie wenn er wiederkommt, sagte ich mir. Das ist normal, beide Bewegungen sind wichtig, wird eine davon unterbunden, ist das immer fatal.

Und um mich dem, was da vor sich ging, nicht zu stellen, begann ich zu philosophieren. Die Menschen kommen und gehen, viel mehr kann man nicht tun, sagte ich mir, während ich überlegte, was ich anziehen sollte. Als ich klein war, brachte mein Vater mich ins Bett und blieb eine Weile bei mir, wenn er dann aufstand, um zu gehen, und ich protestierte, sagte er zu mir, seine unverwechselbare Silhouette hochgewachsen und schlank im Türrahmen: »Ich gehe und komme wieder, mach dir keine Sorgen, ich gehe und komme wieder.« Und ich schlief sofort ein, in der Sicherheit, dass er wiederkommen würde. Die beste Haltung ist zweifellos immer das Ich-gehe-und-komme-wieder. Vielleicht kam es nicht darauf an, dass man blieb oder sich an der Seite des anderen langweilte, sondern darauf, dass man wusste, was auch immer geschah, man würde wiederkommen.

Er kehrte nach zwölfeinhalb Minuten mit Brot und Croissants zurück.

»Lass uns ein paar Tage wegfahren, komm schon!«, sagte er und setzte sich mit einer Tasse Kaffee in der Hand mir gegenüber. »Wo möchtest du hin? Wir können hinfahren, wohin du willst, ich lade dich ein. Wie wär's mit der Karibik?«

»Karibik? Was soll ich in der Karibik? Ich habe das Mittelmeer vor der Nase.«

»Dann nach Italien!«

»Ich muss arbeiten, Bruno, ernsthaft. Und ein paar Tage allein und ungestört würden mir, glaube ich, guttun. Und meine Schulfreundinnen will ich treffen, etwas über Gema herausfinden, über ihre Eltern.«

»Wer ist Gema?« Er klang überrascht.

»Wer wohl?«, sagte ich. »Gema! Aus dem Restaurant neulich, meine Freundin, die gestorben ist. Gema!«

Er sah mich stirnrunzelnd an und fuhr sich ein paarmal mit der Hand durch die Haare im vermeintlichen Bemühen, sie zu richten, womit er sie in Wahrheit durcheinanderbrachte. Eine kokette Geste, etwas ganz anderes, viel heiterer und verspielter als Eitelkeit. Bruno hatte ein geradezu kindliches Verhältnis zur eigenen Schönheit. Wenn er sich im Spiegel ansah, entschlüpfte ihm manchmal ein zufriedenes Lächeln. Gut möglich, dass es noch nie jemand abgelehnt hatte, mit ihm in Urlaub zu fahren. Die Erziehung des Herzens geht bei sehr attraktiven Menschen einerseits schneller, andererseits jedoch erheblich langsamer vonstatten.

»Ach so, ja, ich erinnere mich. Aber was willst du da rausfinden? Sie ist seit dreißig Jahren tot.«

»Weiß nicht, ehrlich, aber ich finde das bestimmt noch raus«, sagte ich.

»Muss das denn ausgerechnet jetzt sein? Im schönsten Juli?« Er schob sich ein Croissant in den Mund. »Wenn ich hierbleibe, habe ich nachher das Gefühl, ich habe meine Zeit vertan«, sagte er kauend.

»Sicher, du solltest deine Zeit nutzen. Du kannst tun, was du möchtest, für mich ist das völlig okay.« Bruno sah mich weiter ungläubig an.

»Ich weiß, dass ich tun kann, was ich möchte, ich bin ja nicht blöd.« Einen Moment dachte er nach. »Wenn du wirklich nicht fortwillst, dann fahr ich vielleicht doch für ein paar Tage«, sagte er schließlich. »Gestern habe ich mit Virginia gesprochen, und sie hat noch mal ihr Gästehäuschen auf Mallorca erwähnt.«

»Stimmt, Virginia! Gute Idee«, sagte ich. Er verwuschelte sich wieder die Stirnfransen. »Du solltest hinfahren, auf jeden Fall. Dort geht es dir bestimmt bestens. Wenn ich die Übersetzung beizeiten fertigkriege, komme ich nach, ich würde gern ein paar Tage am Strand sein.«

»Das wäre toll.« Er lächelte und wirkte zum ersten Mal entspannt, seit er mit dem Frühstück zurückgekommen war. Dann trat er an meinen Stuhl, ging in die Hocke, legte mir die Hände auf die Knie, küsste mich und sagte, dass er mich liebte.

»Ich dich auch«, sagte ich.

»Kommst du auch wirklich nach? Ich schicke dir alle zwei Minuten eine Nachricht.«

»Ja. Vielleicht schon.«

Wir beendeten unser Frühstück, und ich begleitete ihn zum Abschied nach unten vor die Tür. Er küsste mich, als würde er gleich für eine endlose Reise an Bord eines Schiffes gehen. Ich spürte einen Funken Euphorie. »Ein paar Tage allein! Freiheit, Freiheit«, gefolgt von einer sehr leichten Erschütterung aus Schuld und Ernsthaftigkeit, »aber er wird mir auch fehlen, sicher, sehr sogar.« Als er mich umarmte, schob er sein Bein ein klein wenig zwischen meine, und ich atmete tief ein und dachte: Natürlich liebe ich ihn! Da ging ein Mann an uns vorüber und hauchte: »Ach ja, die Liebe!«, und Bruno löste sich lachend und ein wenig errötend von mir.

»Aber es ist ja auch Liebe, nicht?«, sagte er, wieder ernst. »Wahre Liebe.«

»Ja, ja«, sagte ich und umschlang seinen Hals. Ich hätte auch »ja, ja, ja« sagen können oder »ja, natürlich«, das Einzige, was ich nicht zu ihm hätte sagen können war: »Ja.«

Er stieg auf sein Motorrad.

»Ich habe auch ein Innenleben, weißt du?«, sagte er, während er den Helm aufsetzte.

»Aber natürlich«, sagte ich lächelnd und küsste ihn noch einmal.

Erfahrung in Liebesdingen war nichts, was man nach und nach erwarb, sie überkam einen vielmehr unverhofft. Auf dem Sofa liegend oder wartend an der Bushaltestelle, sagte man sich plötzlich: »Ach, so läuft das, jetzt habe ich's kapiert.« Nicht eigentlich wie eine Offenbarung, eher so, als wäre ein Brunnen irgendwann vollgelaufen, so dass man das Wasser plötzlich erreichen konnte. Wir lernten nicht allmählich etwas über die Liebe, sondern schlagartig wie beim Radfahren: Eines Tages steigst du aufs Rad und weißt, wie du das Gleichgewicht hältst und die Straße hinunterflitzt.

Mit einer Hand winkte er zum Abschied, während er auf dem Motorrad davonfuhr. Sechs Jahre trennten uns, zwei Jahrhunderte Erfahrung und ein gutartiges Leiden: seine Verliebtheit.

8

Ein paar Tage später kamen Beatriz und Marta, zwei meiner besten Freundinnen aus dem Französischen Gymnasium, zu mir zum Mittagessen. Wir waren zusammen gereist, hatten uns verliebt, uns betrunken, die Sonne aufgehen sehen. Und mit Leidenschaft hatten wir uns geliebt, uns gehasst und uns gegenseitig kritisiert. Außerdem hatten wir Klamotten geteilt, waren im selben Meer geschwommen, hatten Tränen gelacht oder einfach vergossen.

Als wir anfingen, mit Jungs zu gehen, wussten wir bereits sehr gut, was es bedeutete, eine lange und schwierige emotionale Beziehung zu führen. Die erste hatten wir mit unseren Müttern erlebt (und im Guten wie im Schlechten würde sie alle nach ihr kommenden überdauern), die zweite mit unseren Freundinnen. Für die Erziehung des Gefühls, des weiblichen wie des männlichen, waren von jeher Frauen zuständig.

Wie schon seit Jahren, seit sie nicht mehr meine maßgeblichen Lieben waren, dachte ich auch jetzt, kurz bevor sie an der Tür klingelten: Keine Lust! Wozu sehen wir uns überhaupt noch! Ich war unfähig gewesen, unsere Jugendfreundschaft aufrechtzuerhalten, unbemerkt war sie mir zwischen den Fingern zerronnen. Vor mir selbst fand ich tausenderlei Rechtfertigungen dafür. Wie läppisch war Freundschaft doch verglichen mit Begehren! Wie lahm diese befriedete Liebe auf Abstand, frei von jedem starken Gefühl, dafür befrachtet mit unterschwelligen Verpflichtungen und anstrengenden Erwartungen, anfällig für die schlimmsten Eifersüchteleien und den unverzeihlichsten Verrat. Doch insgeheim beneidete ich Menschen, die einen Teil ihrer Zeit ihren Freundschaften widmeten, sich um sie sorgten und sie pflegten, ihre Hoffnungen darauf setzten und sie erfüllt sahen. Genau wie bei Marcs klassischer Musik wusste ich auch hier, dass mir etwas entging. Als Bruno mich einmal gefragt hatte, warum ich mich fast nie mit meinen Freundinnen traf, hatte ich mich damit verteidigt:

»Freundschaft ist ein zu spitzfindiges Spiel für mich, die Einsätze sind immer zu niedrig, der Preis dafür zu hoch. Ich kann Leute nicht ausstehen, die von sich sagen, sie wären ihren Freunden tolle Freunde, wie diese Typen, die versichern, was für großartige Liebhaber sie sind. Die Liebe, individuell, radikal, unerklärlich wie ein Erdbeben, wird immer verschämter, und die untadelige, saubere Freundschaft, die zum Gedeihen keine Dunkelheit braucht, wird immer mehr zum Exhibitionisten. Verkehrte Welt! Das Loblied auf die ach so reine, großherzige und selbstlose Freundschaft zum Nachteil der leidenschaftlichen Liebe ist nur ein weiterer Triumph des Puritanismus.«

»Kann ja sein, du hast recht«, sagte Bruno, »ich finde trotzdem, du solltest dich öfter mit ihnen treffen, sie mögen dich sehr.«

Als sie die Wohnung betraten, fiel mir sofort auf, dass etwas nicht stimmte. Marta war wie immer, war angezogen und geschminkt wie auf dem Weg zu einer Party, trug handbreithohe Heels, durch die Beatriz und ich wie Zwerginnen wirkten, knallenge Jeans und ein schwarzes Shirt, das eine ihrer karamellfarbenen Schultern unbedeckt ließ.

»Wie schön du wohnst!«, sagte Beatriz. »Ich vergesse das

immer, und wenn ich wieder hier bin, denke ich jedes Mal: Wie angenehm hier.«

Es war Beatriz, mit der etwas nicht stimmte! Sie hatte einen Zahn verloren!

Wenn man nicht mehr jung ist, wird das Erscheinungsbild der Freunde dummerweise sowohl persönlich als auch kollektiv. Dass Marta weiterhin sexy und anziehend aussah, bedeutete, wir konnten das alle sein, ab einem gewissen Alter gab die Schönheit der Freundinnen nicht mehr Anlass zu Konkurrenz oder Neid, sondern zu Stolz und Freude, die Schönheit von jemand in unserem Alter war ein kollektiver Triumph, aber wenn Beatriz jetzt zahnlos wurde …, nicht auszudenken. Nein, nein, nein, nein, nicht lächeln, kleine Beatriz, bloß nicht. Vielleicht war das gerade erst passiert, und sie hatte es noch nicht gemerkt. Womöglich war er an der Haustür rausgefallen. Irgendein Kind würde bei seinem Streifzug heute Abend auf der Straße einen Backenzahn finden, würde ihn für einen Dinosaurierzahn halten und ihn hüten wie einen Schatz, bis seine Mutter ihn fand und ihn erschrocken und entsetzt in den Müll warf.

Ich nahm strategisch geschickt rechts von ihr Platz: Wenn sie den Kopf nicht zu weit zu mir drehte, würden wir klarkommen. Oder ich könnte mich ausschließlich an Marta wenden, ich hatte immer gespürt, dass meine Vorliebe für Beatriz bisweilen zu offensichtlich war, vielleicht war es Zeit für eine Neujustierung.

»Und bei dir? Alles okay so weit?«, sagte Beatriz.

Ich konnte das keine Sekunde länger aushalten, ich würde was an mich kriegen.

»Was soll das heißen, alles okay so weit? Dir ist ein Zahn ausgefallen! Wie soll's da gehen!«, rief ich.

»Schon«, sagte sie schüchtern lächelnd und hob ihre

Hand zum Mund. »Wegen meiner Kiefer-OP letzten Monat, ich hatte dir doch erzählt, dass ich ein bisschen Ärger damit habe.«

Kurz war ich hin- und hergerissen zwischen Mitgefühl und meinem Naturell.

»Stimmt ja!«, sagte ich. Verschwommen erinnerte ich mich, dass sie etwas von einer Operation gesagt hatte.

»Außerdem geht es meiner Mutter nicht gut«, fügte sie an. »Meine Schwestern sind im Urlaub, ich halte die Stellung und hatte keine Zeit, zum Zahnarzt zu gehen.«

Ihrer Mutter ging es seit Jahren nicht gut, ich vermutete schon länger, dass ihre Gebrechen mehr mit Einsamkeit und Alter zu tun hatten als mit irgendeiner Krankheit.

»Ach«, sagte ich, »das tut mir leid. Aber sie wachsen nach, oder? Wie bei den Tintenfischen, denen wachsen auch neue Tentakel, wenn ein Hai sie abbeißt.«

Marta lachte. Mit Beatriz hatte ich nicht nur Freundschaft geschlossen, weil sie mit mir in eine Klasse ging, sondern weil wir Bekanntenkreis und Vorlieben teilten. Mit Marta bekam ich hingegen erst an dem Tag zu tun, als der Lehrer es leid war, mich hinten im Raum mit meinen Freundinnen schwätzen und lachen zu hören, und mich zur Strafe auf den Platz neben sie beorderte, in die erste Reihe, genau vor die Tafel.

»Du bist unmöglich!«, sagte Beatriz. »In ein paar Monaten kriege ich Ersatz, wenn der Knochen sich bis dahin erholt hat.«

»In ein paar Monaten? In wie vielen genau?«

»Sechs oder sieben.«

»Sechs oder sieben! Wie grauenhaft. Ist dir klar, dass du mit niemand flirten kannst, bis du wieder Zähne hast?«

»Du übertreibst!«, sagte Marta.

»Du weißt genau, dass ich recht habe. Tu doch nicht so.«

»Als ich aufgehört habe, mir die Haare zu färben, hast du dasselbe gesagt, und so schlecht ist es mir nicht ergangen«, sagte Beatriz achselzuckend.

Aber das eine war ihr wunderbares Haar, geradezu metallisch, glatt und bläulich wie bei einer Waldfee, und etwas ganz anderes war es, zahnlos durchs Leben zu gehen.

»Du willst es hinnehmen, dass dich sechs Monate lang niemand küsst?«, sagte ich und ließ ihr keine Zeit zu antworten: »Und dass dich sechs Monate lang niemand küsst, ist nicht mal das Schlimmste! Dass Schlimmste ist, dass niemand es möchte!«

»Aber sechs Monate vergehen doch im Flug!«, sagte Marta.

Sie muss es für Verschwendung halten, in ein Provisorium zu investieren, dachte ich. Sie ist wirklich sparsam. Das fällt mir immer beim Nachtisch auf, sie tötet mich mit Blicken, wenn ich mich darüber hermache, ganz zu schweigen davon, wenn ich alles verdrückt habe, noch bevor sie einen Bissen nehmen konnte. Das macht sie wahnsinnig.

»Und mit Bruno?«, fragte mich Marta, um das Thema zu wechseln.

»Sehr gut, ist ein super Typ.« Ich schwieg kurz, wusste nicht, wie weiter.

»Aber?«, sagte Beatriz.

»Vielleicht verlasse ich ihn trotzdem. Weiß nicht«, antwortete ich.

Ich hörte ihre Überraschung und ihren Protest nicht.

Uff!, dachte ich. Mir fällt ein Stein vom Herzen. Ich weiß nicht, was ich tun werde, aber dass ich etwas tun muss, steht fest, ich habe es gerade gesagt. Manches ist nicht wahr, solange man es nicht ausspricht, und manches hört auf, wahr zu sein, wenn man es ausspricht. Und er ist trotzdem großartig.

»Aber warum denn? Ist was passiert? Es war doch so gut mit euch«, sagte Marta.

»Ich langweile mich ein bisschen mit ihm, ich glaube, wir fangen an, uns miteinander zu langweilen.« Eigentlich wusste ich nicht, ob er sich langweilte, vermutlich eher nicht, wer verliebt ist, langweilt sich nicht, sondern leidet.

Beatriz identifizierte sich auf der Stelle mit Bruno, wies mir einen sicheren Platz zu, wo ich unbeschadet bleiben würde, während er das Opfer wäre, und murmelte:

»Armer Kerl. Du bist einfach nicht verliebt in ihn, du bist es nie gewesen.«

»Meinst du?«

Ich stand auf, um die Schokoladentorte aus dem Kühlschrank zu nehmen, und während ich sie servierte, fragte ich die beiden nach Gema.

»Sie hatte eine besonders bösartige Leukämie«, sagte Beatriz. »Sie ist in nur zwei Monaten gestorben. Vor den Weihnachtsferien war sie fort und ist nicht mehr wiedergekommen.«

»So schnell? Ist sie nicht im Frühling gestorben?«, sagte ich.

»Nein, im Winter«, beharrte Beatriz, »da bin ich mir absolut sicher, und es ging rasend schnell.«

»Ich meine auch, sie ist im Winter gestorben«, sagte Marta. »Warum suchst du nicht ihre Todesanzeige? Bestimmt stand irgendwo etwas in der Zeitung.«

»Ja, gute Idee, mache ich. Und wisst ihr, wo sie gestorben ist? War sie im Krankenhaus? Habt ihr sie mal besucht?«, fragte ich.

»Ich war einmal mit ein paar Freundinnen aus der Klasse bei ihr, aber ich erinnere mich an fast nichts, nur noch, wie sie ausgesehen hat, das hat mich geschockt, sie war so dünn«, sagte Beatriz.

»In welchem Krankenhaus war das?«, fragte ich.

»Das weiß ich nicht mehr.«

Keine von beiden erinnerte sich, ob sie, bereits krank, für einen Tag in die Schule zurückgekehrt war.

»Das Logischste wäre, dass sie nicht da war, es ging doch alles so schnell«, sagte Beatriz, vernünftig wie immer.

»Ich habe sie aber gesehen«, hielt ich dagegen. »Sie war lange nicht im Unterricht gewesen, aber einmal ist sie noch gekommen, vielleicht nur für ein paar Stunden, das weiß ich nicht. Ich bin zu ihr hin, sie hat sehr krank ausgesehen, wir haben uns kurz unterhalten. Ich erinnere mich genau.«

Beatriz sah mich zweifelnd an und sagte nichts.

»Wenn du meinst, das war so, dann war es bestimmt so«, sagte Marta und strich mir leicht über die Hand.

Dagegen erinnerten wir uns alle drei noch gut an die Messe, die einige Wochen später in der Französischen Kapelle stattgefunden hatte. Die Worte und der Ton des Priesters hatten uns geärgert, er hörte sich an, als wäre es eine Ehre, dass Gott Gema so früh zu sich gerufen hatte. Ich saß mit meinen Freundinnen in der letzten Reihe, wie im Klassenzimmer, ehe ich gezwungen worden war, alles hinter mir zu lassen und mich zu Marta zu setzen, und wie wir im Bus immer saßen. Ihre Eltern sahen wir nicht. Ich weiß noch, dass ich wieder den Eindruck hatte, das verdorrte Terrain der Erwachsenen zu betreten: zum zweiten Mal in meinem Leben, das erste war auf dem Schulhof gewesen, als ich sie zum letzten Mal sah.

»Ich war auch bei der Beisetzung«, sagte Marta, »sehr traurig war das, ich weiß nicht mehr, wo, vermutlich auf dem Montjuic. Am Ende der Beisetzung bekamen alle ein kleines Foto von Gema als Totenzettel.«

»Ich war nicht dort.« Warum war ich nicht dort gewesen? »Ich glaube, ich habe nichts davon gewusst. Mir hat niemand Bescheid gesagt. Hast du davon gewusst?«, fragte ich Beatriz gereizt, als wäre das gerade erst passiert. »Du hättest mir wenigstens Bescheid sagen können.«

»Ich weiß nicht, ob ich dir Bescheid gesagt habe. Vielleicht habe ich dir Bescheid gesagt und du konntest nicht. Oder sie haben nur ihre besten Freundinnen aus der Klasse eingeladen. Ich war auch nicht dort.«

»Du warst nie so gut mit ihr befreundet wie ich«, sagte ich.

Inzwischen konkurrierten wir nicht mehr miteinander um Schönheit. Um die Liebe würden wir bis zum Ende konkurrieren, um Männer hatten wir nie konkurriert. An viel mehr konnten wir uns nicht erinnern, ich wusste noch, dass mir jemand etwas über eine riesige Spritze erzählt hatte, die man ihr in den unteren Rücken gerammt hatte, irgendwas über Rückenmark, was ich offenkundig nicht verstanden hatte, was mir aber wochenlang Albträume bescherte. Wir wiederholten in einem fort, was für ein schreckliches Unglück das gewesen war, aber das hatte nichts zu tun mit einem spezifischen Erinnern, es war das, was man sagt, wenn man in der Zeitung einen Bericht über ein Unglück liest, das viele tausend Kilometer entfernt geschehen ist. Vielleicht entsprachen dreißig Jahre vielen tausend Kilometern Entfernung. Vielleicht hatten die Unwissenheit und die Jugend mit ihrem unbezwingbaren Schild nicht nur uns abgeschirmt – mit fünfzehn ist der Tod eine fremde Sprache, eine nicht zu erkennende Horizontlinie, ein unbekannter Planet –, sondern auch sie, womöglich hatte sie nichts bemerkt von diesem umfassenden Betrug, dessen Opfer sie wurde – Abschied von allem, ohne gevögelt zu haben, ohne Kinder zu haben, wahrscheinlich ohne Venedig gesehen zu haben, ohne auch nur einmal nackt geschwommen zu sein –, aber ich bezweifle das, Gema war aus unserer Klasse die Klügste.

Als ich sie das letzte Mal sah, waren ihre Augen schon voller Nebel, wie die meines Vaters im Krankenhaus. Auch er hielt sich sehr gerade, wie Gema, in einem Sessel vor einem Tisch mit Rollen. Er lag nicht gebettet wie ein Kranker, war in den sehr eleganten Hausmantel eines englischen Gentlemans gehüllt. Ich habe meinen Vater nie liegen sehen, Helden liegen nicht, Göttinnen schon. Meine Mutter lag fast immer halbnackt in ihrem Bett, arbeitete so, spielte Karten, las, telefonierte oder balgte mit ihren Hunden.

Als wir uns verabschiedeten, sagte Beatriz:

»Weißt du, was ich damals gedacht habe? Ich dachte: Ach was! Und das war alles?«

Wir sahen uns schweigend an.

»Wir waren sehr jung«, sagte ich.

»Ja, klar«, antwortete sie.

»Komm, es wird spät«, schloss Marta.

Während sie die Treppe hinuntergingen, hörte ich sie darüber debattieren, welche Bar in der Nähe wohl die beste wäre für einen Mojito.

9

Als ich wieder allein war, machte ich mich auf die Suche nach Fotografien von Gema. In einem der Alben mit den Fotos der Familie musste es welche geben. Jedes Jahr hatte ich von meiner Mutter einen kleinen Umschlag mit Geld bekommen, um zwei Abzüge des Klassenfotos zu kaufen: einen für meine Großeltern und einen für uns. Ich fand nicht ein einziges Foto von meiner Freundin, anscheinend war das Album mit den Fotografien aus ihrer Zeit verloren gegangen, oder vielleicht steckte es noch in einer der Umzugskisten, die auszupacken wir auch sieben Jahre nach dem Einzug noch keine Zeit gehabt hatten.

Immer verlor ich die Dinge, die mir am wichtigsten waren, kein Wunder, bei den anderen merkte ich es nicht, weil ich nie wieder danach suchte. Aber an materielle Verluste gewöhnte ich mich rasch, was nicht da ist, ist nicht da, und mehr gab es dazu nicht zu sagen, schließlich fehlte mir die Macht, das Verlorene wieder hervorzuzaubern, also war es besser, sich nicht darauf zu kaprizieren. Und in meiner Erinnerung bestand es fort, am sichersten Ort der Welt, war folglich nicht völlig verschwunden, war vorhanden.

Auch wenn ich sie auf dem obersten Brett im Schrank verstaut hatte und sie nicht besonders oft ansah, liebte ich diese Fotoalben. Wenn meine Mutter, um zu provozieren und aus Koketterie, darüber gesprochen hatte, was wir einmal erben würden, und zwar Jahre bevor ihr Tod auch nur entfernt zu erahnen gewesen war (Mütter sind unsterblich: Kinder zu haben macht uns, zumindest in deren Augen, unsterblich), sagte ich immer zu ihr, am meisten würden mir diese Fotoalben bedeuten. Als Kind versank ich oft für Stunden in den dicken, erst von meinem Großvater und später von meiner Mutter sorgfältig zusammengestellten Bänden. Sie beglaubigten, dass wir ziemlich glücklich gewesen waren, ziemlich anziehend. Sie bezeugten noch dazu, dass wir geliebt worden waren, dass unsere Kindheit für jemand wichtig genug gewesen war, dass er sich die Mühe gemacht hatte, sie festzuhalten. Fotografieren war nicht so einfach gewesen wie heute. Mein Großvater hatte Stunden, ganze Tage damit verbracht, Fotografien auszuwählen, sie chronologisch zu ordnen, sie gerade einzukleben, ohne jede Schludrigkeit, darunter in sauberer Schrift den Ort zu notieren, das Datum und die Namen der Porträtierten. Und danach hatten er und ich sie stundenlang zusammen angesehen – als Kind jagte mir die Vergangenheit keine Angst ein wie heute, es bestand keinerlei Gefahr, in ihrem Treibsand stecken zu bleiben. Mein Großvater pflegte mir die Geschichte jedes Fotos zu erzählen: »Als wir die hier gemacht haben, hast du dich so unmöglich benommen, wir mussten dir Bonbons geben, damit du mit Zappeln aufhörst.« »Das Ballerinakostüm hast du zu Weihnachten bekommen.« »Hier hast du so bitterlich geweint, weil du nicht fort wolltest aus Venedig.«

Viele Jahre später fand ich beim Nachhausekommen meine Mutter, die damals schon sehr krank war, auf dem Fußboden sitzend, umgeben von Schnipseln und Papier und triumphierend die Küchenschere schwingend.

»Die Alben da waren schlecht«, sagte sie und zeigte auf die Verheerung.

Sie hatte die Alben mit den Fotos aus meiner Kindheit

zerstört, um sie auf ihre Weise neu zusammenzufügen, in ihren Augen mit mehr Witz und treffender als mein Großvater. Sie ließen sich unmöglich alle wieder herstellen. Viele Seiten landeten im Papierkorb, die Kommentare meines Großvaters und seine weiße Schönschrift, winzig und verschlungen, gingen für immer verloren.

Ein Jahr vor ihrem Tod schleppte sie zu meinem Geburtstagsfest einen schweren Reisekoffer an. Darin waren alle Fotoalben.

10

Vielleicht hatte ja Sandra, meine beste Freundin aus Kindertagen (Beatriz und Marta waren Jugendfreundinnen gewesen), noch Fotos, dachte ich. Ich rief sie an, und wir verabredeten uns für ein paar Tage später. Wir hatten uns lange nicht gesehen. Wenn meine Mutter meine erste Liebe gewesen war, dann war Sandra meine zweite. Die Zuneigung von Männern zu gewinnen war im Vergleich ein Klacks, ich empfand sie niemals als Gegenspieler oder glaubte, sie von etwas überzeugen zu müssen: Sie waren auf meiner Seite. Mein Vater und mein Großvater, die eine grenzenlose Freude an mir hatten und mich vergötterten und die beide im Abstand von wenigen Monaten starben, als ich siebzehn war, retteten für mich das männliche Geschlecht für alle Zeit. Und sie festigten in mir auf ewig die Vorstellung davon, wie ein Mann sein sollte.

Die außergewöhnlichen Frauen meiner Familie, die klüger, komplizierter und kreativer waren als die Männer, kamen dieser Traumvorstellung nie in die Quere, aber ihre Liebe ließen sie sich erheblich teurer bezahlen, vielleicht weil sie länger lebten.

Mit fünf Jahren wusste ich bereits, wie es war, von einem Mann vergöttert zu werden und um die Liebe einer Frau zu buhlen. Dennoch ist es mir nie in den Sinn gekommen, in den Männern, mit denen ich zusammen war, nach meinem Vater oder meinem Großvater zu suchen, beide hatte ich ja gehabt, wozu also suchen? Hingegen ging die Suche nach meiner Mutter in jeder Frau weiter.

Wir verabredeten uns für acht am Abend in einem Café im Viertel, sie wohnte auch in der Nähe. Es war wenig los, die Uhrzeit war etwas sonderbar, acht am Abend. Ich setzte mich an einen Tisch neben dem Eingang. Was für eine Aufregung! Wir hatten uns so lange nicht gesehen. Womöglich fand sie mich hässlich wie die Nacht. Ich fühlte mich, als würde ich mich nach längerer Zeit wieder einmal mit einem Ex treffen, der mir noch irgendwie gefiel. Mit denen, die mir überhaupt nicht mehr gefielen, versuchte ich mich nicht zu verabreden, aber manchmal gab ich doch nach, ich bemühte mich ja trotz allem, ein freundlicher Mensch zu sein. Ich war unterirdisch schlecht angezogen, zu Hause hatte ich das für eine gute Idee gehalten – eine zu große Jeans und ein blau gestreiftes Hemd –, bloß war es das nicht. Wäre das Hemd wenigstens aus Seide gewesen oder hätte die Hose mir gepasst. Einziger Pluspunkt waren die Nägel, im gleichen wölkchenhaften Blassrosa an Füßen und Händen. Das fällt ihr bestimmt auf, dachte ich. Ein Mann würde es nicht bemerken (und Beatriz vermutlich auch nicht), für ihn wäre es das Normalste auf der Welt, dass eine Frau Nägel wie Blütenblätter besitzt, aber plötzlich bekäme er Lust, ihr die Hände zu küssen und wüsste nicht, wieso.

Während ich auf Sandra wartete, rief sie mich fünf Mal an. »Wo sind wir verabredet?« »Um wie viel Uhr?« »Bist du schon dort?« »Wie geht's dir?«

Es war nicht leicht, sich mit Sandra zu verabreden. Ein paar Tage zuvor hatte sie mich mittags zur Essenszeit angerufen.

»Willst du Mittagessen?«

»Bin gerade dabei. Es ist halb drei!«

»Ach, echt? Und wieso isst du so früh?«

»Tja, keine Ahnung, ich hatte Hunger. So früh ist das auch wieder nicht. Wie wäre es mit morgen?«

»Nein, ausgeschlossen, morgen geht gar nicht.«

Und am Tag darauf rief sie um Punkt halb drei wieder an und fragte, ob ich schon was vorhätte zum Essen.

»Kommst du jetzt endlich?«, fragte ich nach dem dritten Anruf.

Sie lachte.

»Du bist so böse, böse böse.«

Ich lächelte. Nur meine Mutter und Sandra hatten je zu mir gesagt, ich sei böse, oder nicht böse, sondern »böse böse«, was viel weniger schlimm war. Marc sagte das auch zuweilen, im Scherz, eine Parodie seiner Großmutter.

Die Männer fürchteten und vergötterten Sandra. Frauen konnten sie nicht ausstehen, nicht weil sie eifersüchtig gewesen wären auf ihr schönes Gesicht – das Haar glatt und honigfarben, die Brauen voll und dunkel, die blauen Augen tiefgründig, der Mund spöttisch und das Kinn klein und spitz – oder auf ihren goldenen und beweglichen Körper, wie dafür gemacht, die Nacht durchzutanzen und tagsüber im Sand zu liegen, sondern weil Sandra immer das Erste sagte, was ihr gerade durch den Kopf ging, in aller Regel eine Unverschämtheit. Sie tat das nicht aus Gehässigkeit oder um andere zu verletzen, es war einfach nur das, was sie dachte und häufig auch das, was wir alle dachten, ohne dass wir uns getraut hätten, es laut auszusprechen.

Einige Wochen nach dem Tod meines Vaters hatte sie mich angerufen. Damals hatten wir schon nichts mehr miteinander zu tun, wir gingen nicht in dieselbe Klasse, und ich hatte lange nichts von ihr gehört. Nach anderthalb Minuten, in denen ausschließlich sie geredet hatte, rief sie:

»Sehr mitgenommen wirkst du aber nicht! Richtig?«

Sandra war so, ihr fiel es auch ziemlich schwer, Freundschaften zu bewahren.

Sie trug einen Jeansminirock, Espadrilles mit Keilabsatz und ein verwaschenes T-Shirt. Als Kind hatte ich immer so angezogen sein wollen wie sie, ihre Mutter war modebegeistert, und die Töchter (Sandra hatte noch eine jüngere Schwester) waren immer bestens gekleidet, während meine Mutter sich nicht im Geringsten um Mode scherte. Mein Bruder und ich trugen praktische Sachen von guter Qualität, und ich hatte ein paar festliche Kleider für besondere Anlässe, aber kein Vergleich zu den Outfits, die Sandra und ihre Schwester in der Schule trugen.

»Du siehst so gut aus!«, rief sie bei meinem Anblick.

Immer sagen dir die, die besser aussehen als du, du würdest gut aussehen.

»Wer hier gut aussieht, bist du«, sagte ich.

Weil sie rauchen wollte, gingen wir mit unseren Getränken auf die Terrasse, es war etwas früh, aber wir hatten Wein bestellt, um unser Wiedersehen zu feiern.

»Gema? Ja, klar erinnere ich mich. Das war schrecklich«, sagte sie auf meine Frage. »Aber viele Einzelheiten darfst du nicht von mir erwarten, das ist so lange her. Woran ich mich gut erinnere, sind ihre Geburtstagsfeste und die Himbeersorbets, die ihr Vater gemacht hat.«

»Ja, das waren mal Geburtstage!?«

»Ein Traum. Heute gehen ja alle in diese haarsträubenden Anlagen, die ›Kiddiepark‹ heißen und so.«

Wir lachten.

»Und weißt du noch, wie Gema einmal nach dem Essen eine Hochzeit auf dem Pausenhof veranstaltet hat? Da waren wir vielleicht sechs. Sie hat Isabel Margarit mit irgendeinem Jungen vermählt, weiß nicht mehr, mit wem.«

»Ja! Genau! Wir waren die Hochzeitsgäste. Gema hat den Pfarrer gespielt, sie hat sich den Kantinenkittel wie ein Messgewand umgehängt, und die Ringe haben wir aus einer Bananenschale gemacht. Genial. Die beste Hochzeit, bei der ich je war.«

»Ja, die kürzeste«, sagte ich.

»Ich bestelle uns was zum Essen, sonst sind wir gleich blau«, sagte sie und stand auf.

Wie vertraut mir alles an Sandra war! Im Überschwang sagen wir manchmal über jemand, den wir gerade erst kennengelernt haben: »Es ist, als würden wir uns ein Leben lang kennen«, aber das stimmt nie, nichts kommt einem Leben lang gleich, bloß die Ansammlung von Augenblicken, Stunden und Tagen, aus denen es sich zusammensetzt.

Sie kam wieder mit einem Tellerchen Salzmandeln und einer Tüte Chips.

»Und erinnerst du dich vielleicht, ob Gema noch mal in die Schule zurückgekommen ist?«

»Keine Ahnung, ehrlich. War sie noch mal da?«

»Ja, bestimmt, ich habe sie gesehen.«

Schon eine Weile hatte sie, ohne es zu merken, mit ihrem Handy gespielt, jetzt legte sie es auf den Tisch und holte den Tabak heraus.

»Soll ich dir eine drehen?«, fragte sie. »Sind keine Drogen drin. Ehrenwort.«

Wir lachten wieder. Das Niveau unserer Scherze war dasselbe wie in der Schule.

»Ja, bitte.«

»Und wie läuft's mit deinem Freund? Bist du noch mit diesem Schauspieler zusammen?« Und bevor ich antworten konnte: »Anstrengend, die Männer, was? Mordsanstrengend. Ich bin seit ein paar Monaten mit einem zusammen und weiß echt nicht, was ich machen soll, er ist eigentlich super, bloß ...«

Und dann zählte sie die Gründe auf, die so frivolen wie gewichtigen (was die Gründe ja immer sind, aus denen wir jemanden lieben oder nicht mehr lieben), aus denen sie nicht wusste, ob sie Schluss machen sollte.

Wir sagen: »Ich habe ihn geliebt, weil er so gut Bongospielen konnte«, »ich habe Schluss gemacht, weil er immer das Licht im Flur angelassen hat«, »weil er die Waschmaschine reparieren konnte«, »weil er eigentlich fürchterlich im Bett war«, »weil er nie jemand im Stich gelassen hat«, »weil er es nicht verstanden hat, mit Tieren zu reden«, »weil er ein Feigling war«.

»Wie zieht Bruno sich an? Ricard trägt scheußliche Hemden, wirklich scheußliche.«

»Er zieht sich gut an. Er hat was übrig für Klamotten«, sagte ich.

»Du weißt ja nicht, was für ein Glück du hast!«

»Na ja, scheußliche Hemden zu tragen ist doch nicht so schlimm.«

Sie sah mich an und riss die Augen dabei sehr weit auf.

»Und ob, es ist ziemlich schlimm, und das weißt du auch, tu doch nicht so.«

Und wir lachten wieder.

»Du hast ihm doch nicht gesagt, dass seine Hemden scheußlich sind, oder?«

»Nicht in diesen Worten, nein, aber wir haben ausgemacht, dass wir seine Sachen ab jetzt zusammen kaufen.«

Einmal, vor sehr vielen Jahren, saß ich im Casino in Cadaqués beim Frühstück, als Simón hereinkam, damals einer meiner besten Freunde. Sandra war eben für ein paar Tage in unserem Haus eingetroffen und hatte am Abend zuvor ein Techtelmechtel mit ihm begonnen. »Wie war's mit Sandra? War's schön?«, fragte ich ihn, als er sich mit einer Coca-Cola, einem Tortilla-Sandwich und seinem bezaubernd verpeilten und verschlafenen Gesichtsausdruck neben mich setzte. Simón spielte Keyboard in einer Band und war der attraktivste von meinen Freunden. Sandra schlief wahrscheinlich noch oder stieg in den Felsen herum, es war das Jahr, in dem sie ständig Miesmuscheln sammelte. »Ja, ja, schön«, sagte er. Er nahm einen Schluck von der Cola, er sah verdutzter aus als sonst. »Aber hinterher hat sie gesagt, die Penetration würde sie eigentlich nicht interessieren.« Ich gab mir Mühe, nicht zu lachen. »Sie ist ziemlich irre«, sagte ich, um ihn zu trösten.

Sandra, von meinen Freundinnen die bürgerlichste und biederste, war das in Wirklichkeit am wenigsten. Freiheit ist eine Gabe, so wie Schönheit oder Talent, errungen wird sie fast nie.

»Und Kinder hat er auch noch«, sagte sie seufzend, »und er wohnt in derselben Straße wie seine Exschwiegereltern.«

»Du hast doch auch eine Tochter.«

»Aber seine sind noch klein. Und was sagst du dazu, dass er mit seinen Exschwiegereltern in einer Straße wohnt?«

Ich stellte mir ihren Freund bei seinem Notumzug vor. Wären wir fähig, unsere Liebesbeziehungen mit der gleichen Leichtigkeit zu leben, mit der wir unter Freundinnen über sie sprechen, wenn wir ein bisschen was getrunken haben, wäre alles viel einfacher, dachte ich.

Der Wein war alle, und es war dunkel geworden.

»Ist schon spät«, sagte ich, streckte mich und sah die menschenleere Straße hinunter.

Sie legte mir eine Hand auf den Arm:

»Warte! Das Schlimmste von allem habe ich dir noch gar nicht erzählt.« Und sich zu mir hinüberbeugend, als würde sie mir ein großes Geheimnis anvertrauen, flüsterte sie: »Er pinkelt im Sitzen.«

Wir lachten wieder. Lachten das gleiche alberne und gellende Lachen, das in unserer Kindheit nur und auch nicht immer von den Lehrern mit der Drohung unterbunden werden konnte, uns eine Sechs in Betragen zu geben.

»Und komm mir jetzt nicht damit, das wäre so normal wie das mit den potthässlichen Hemden. Im Ernst: Man kann nicht eine Freundin haben wollen und im Sitzen pinkeln. So einfach ist das. Das Einzige, worin die Männer uns Frauen sichtbar überlegen sind, ist ihre Fähigkeit, im Stehen zu pinkeln, bei allem anderen reichen sie uns nicht mal an die Schuhsohle. Mehr haben sie nicht zu bieten, dass sie im Stehen pinkeln und auf dem Mond waren, wenn sie das aufgeben, wo soll das hinführen. Aber andererseits«, fuhr sie nachdenklich fort, »wenn ich ihn verlasse, wer bekuschelt mich dann?«

Für einen Moment schwieg sie und dachte über diese Frage nach, dann rief sie plötzlich mit einem Blick auf meine Hände:

»Was für ein schöner Nagellack! Der gefällt mir. Weißt du, dass ich keine Hände so gut kenne wie deine? Nicht mal die von einem Mann. Ich würde sie unter Tausenden wiedererkennen.«

»Weißt du noch, wie wir sie uns gegenseitig unter der Bank gestreichelt haben, wenn uns langweilig war? Eine Weile du, eine Weile ich. Wenn die Lehrerin uns erwischt hat, ist sie durchgedreht.«

»Ja, natürlich weiß ich das noch«, sagte sie.

Wir standen auf, um zu gehen.

»Hör mal, darf ich dich um was bitten? Falls du irgendwann noch mal ein Buch schreibst, könnte ich drin vorkommen?«

»Also, keine Ahnung, ich weiß nicht, ob ich noch ein Buch schreibe.«

»Falls ich drin vorkomme, dann bitte mit meinem richtigen Namen. In Ordnung?«

»Von mir aus gern«, sagte ich. »Ich schaue, was ich tun kann. Der Besitzer vom Restaurant nebenan will auch vorkommen. Und der Vater von Marc. Keine Ahnung, wie ich euch alle unterbringen soll, aber ich kriege das irgendwie hin. Aber etwas seltsam seid ihr schon, die meisten bitten um das Gegenteil, dass sie nicht in den Romanen ihrer Freunde oder Geliebten vorkommen, aus Angst, dass sie darin zerpflückt werden.«

Als könnte ein Schriftsteller so etwas entscheiden!, dachte ich. Es gibt nichts und niemand, was ein Autor nicht bereitwillig gebrauchen (und verhackstücken) würde, wenn ein guter Satz oder Absatz dabei herausspringt.

Sie umarmte mich.

»Vielen, vielen Dank, ich freue mich sehr drauf. Und nenn vor allem meinen Namen, ja?«

Ich sah ihr nach, während sie auf der leeren Straße davonging, und plötzlich drehte sie sich zu mir um und rief:

»Noch was: Was soll diese unförmige, runterhängende Jeans? Du könntest doch was Flotteres anziehen.«

II

Sie hatte recht mit der Jeans, als ich heimkam, zog ich sie aus und nahm mir vor, sie nie wieder zu tragen. Schlecht gekleidet aus dem Haus zu gehen ist eine unerträgliche kleine Niederlage, dachte ich. Müsste es nicht möglich sein, sich auf neutrale Weise zu kleiden, weder euphorisch noch verzweifelt, treffend und genau, nicht zu bescheiden oder zu protzig, zu praktisch oder zu luxuriös? Wie Albert Camus, wie die Figuren in den Romanen von Natalia Ginzburg oder wie die Ginzburg selbst. Intelligenz war durchaus kleidsam, jedoch nicht kleidsam genug. Und was war bloß in all die Männer gefahren, die neuerdings in zu stark taillierten Jacketts herumliefen, in zu engen Hemden und Hochwasserhosen? War denen nicht klar, dass niemand einen Mann ernst nehmen kann, der seine Knöchel vorzeigt? Knöchel sind die Achillesferse des Mannes. Im Übrigen würde die Geschichte dann auch viel glaubwürdiger sein. Wer packt schließlich einen Säugling an der Ferse, wenn er ihn in die Wasser der Unsterblichkeit tunken will? Du nimmst doch den Knöchel.

Aber die Knöchel von Frauen können sehr hübsch sein, dachte ich und betrachtete meine auf dem Sofa. Mit den Unterarmen verhält es sich umgekehrt, unsere Unterarme sind völlig ohne Belang, hingegen genügen ihre manchmal schon, dass du dich verliebst.

Bruno ist ein bisschen zu gut angezogen, um elegant zu

sein, manche seiner Kleidungsstücke sehen richtig teuer aus. Man muss sich so ärmlich wie möglich kleiden und dabei weiter reich wirken.

Ich vermisste Bruno. Ich hätte am nächsten Tag in ein Flugzeug steigen und schon mittags mit ihm auf dem Mittelmeer herumschippern können, mich ins Wasser stürzen, Unterwassergrotten erkunden, mich an Deck sonnen, während wir Bier tranken und spielten, wer welche Sagengestalt oder welches Ungeheuer in den Felsen unter uns entdeckte.

Ich lebte fast in den Bergen, von meinem Fenster aus sah ich auf den Tibidabo, seine Flanke und den Fernsehturm. Ich nahm den Wechsel der Jahreszeiten an den Bäumen wahr, nicht daran, wie sich die Wellen brachen. Hinunter an den Hafen zu fahren, an einen seiner sandigen Strände und an dieses lange, ausgebleichte Meer, war ein schwacher Trost, der nur meine Sehnsucht nach der schroffen und dramatischen Landschaft von Cadaqués verstärkte, nach dem scharf gezeichneten und endlosen Horizont dort, so anders als alle anderen Horizonte auf dieser Welt. Ich war mir nicht sicher, ob wir alle einen Ort in der Welt hatten, aber ich wusste, wir hatten alle einen Horizont. Und ich hätte ebenso gut im nächsten Moment aufbrechen können und wäre zweieinhalb Stunden später in Cadaqués gewesen. Warum tat ich es nicht?

Ich war gebremst, mein kommodes, so glückliches Leben voller Anregungen rollte seit Monaten im Leerlauf, hatte, ohne dass ich gewusst hätte, wie oder wieso, Antrieb und Schwung verloren und war just vor dem Restaurant von Gemas Vater zum Stehen gekommen.

Sandras Erinnerungen bestätigten meine nicht: Sie wusste nicht, ob Gema noch einmal in der Schule gewesen war, es war zu viel Zeit vergangen. Und für ihren praktisch veranlagten, sarkastischen Kopf wäre es so oder so keine wertvolle Erinnerung gewesen, sie hätte es auf der Stelle wieder vergessen. Und meine eigenen Erinnerungen begannen zu verschwimmen. Ich konnte nicht mehr direkt aus ihnen schöpfen, hatte keinen Zugriff auf die ursprüngliche Quelle, konnte nicht in den Moment zurück, nur noch in die Erinnerung an den Moment, was manchmal war, als hätte jemand anders es erlebt und würde mir davon erzählen.

Mir ging es umgekehrt wie Proust mit seinen gleißenden Erinnerungserfahrungen, die ihn unmittelbar, mit allen Sinnen und geradezu körperlich durch die Jahre zurück zum erlebten Moment trugen. Proust war als Einziger zu erfolgreichen Zeitreisen fähig gewesen, die Wissenschaft hinkte da arg hinterher. Mir kam meine Erinnerung vor wie ein halb gestrickter Schal, aus dem ein loser Faden hing, und wenn ich daran zog, dann löste sich alles auf und ich hielt nur noch ein sinnloses Gewirr aus Wolle in den Händen.

Von Mal zu Mal fiel es mir schwerer, zu der Erinnerung an Gema auf dem Hof zurückzukehren, unumstößlich und deutlich, nicht anfechtbar blieb allein die Bewegung ihres langen bleichen Halses in meine Richtung. Wir standen vor Unterrichtsbeginn auf dem Hof. Es war Winter. Sie stand im Kreis ihrer Freundinnen und ich bei meinen. Vielleicht war es windig, und die Luft war grau. Als ich sie sah, löste ich mich von meinen Gefährtinnen und ging auf ihr Grüppchen zu, da drehte Gema sich um und sah mich an. Und ab diesem Augenblick verschwand alles andere, von einem Wirbel aus Staub verschluckt wie in *Der Zauberer von Oz*. Und übrig blieben nur diese Drehbewegung, ihr schöner Nacken und ihr müdes Lächeln.

Am nächsten Tag schickte Sandra mir ein Klassenfoto. Wir beide saßen nebeneinander im Schneidersitz auf dem Boden, in der ersten Reihe, auf dem Gipfel unserer Freundschaft, mit sechs oder sieben Jahren. Sandra hatte die Hände in den Schoß gelegt und trug ein pistaziengrün gewürfeltes Kleid über einem feinen, naturweißen Pullover mit hohem Rollkragen. Ihr blonder, glatter Pony endete direkt über ihren Augen und verdeckte ihre Brauen. Ihr Blick war sanft, selbstsicher und fragend, ein klein wenig spöttisch vielleicht, als vertraute sie nicht restlos auf die Fähigkeiten des Fotografen. Ich saß zur Seite gelehnt, stützte einen Ellbogen aufs Knie und die Wange auf den Handrücken. Als Einzige saß ich nicht gerade. Ich wirkte eher resigniert als froh, schaute nicht in die Kamera und zog ein sonderbares Gesicht, vielleicht wegen der Sonne. Ich trug einen Schottenrock in Senfgelb und Beige und einen Wollpulli mit umgeschlagenem Rollkragen im gleichen Beigeton wie meine Socken. Eins meiner Knie war zu sehen. Unsere Lehrerin war Madame Chéri, die einzige Lehrerin aus der Grundschule, an die ich mich erinnerte. Sie trug immer hohe Schuhe und hatte lange blonde, gewellte Haare. Meine Mutter mit ihren Rollkragenpullis, ihren flachen Schuhen und ihren Ponchos und meine Großmutter mit ihren maßgeschneiderten Kostümen, ihrem Kaschmirfeinstrick und ihren Halstüchern aus Seide kamen mir verglichen mit ihr vor wie der Gipfel von Langeweile und Einfallslosigkeit. Auf dem Foto trug sie einen weißen Mantel. Sie lächelte nicht, ihre Haltung war feierlich, und sie runzelte ein wenig die Stirn, vielleicht wie ich wegen der Sonne. Gema war nicht drauf, nirgends ist sie drauf, dachte ich. Möglich, dass sie an dem Tag, als das Foto gemacht wurde, krank war, damals hatte immer irgendwer Bauchschmerzen oder

Halsweh, und wir waren alle scharf darauf, krank zu sein und zu Hause zu bleiben.

Und die Gegenszene, die sich im Jahr davor abgespielt hatte, ein Jahr früher als das Klassenbild, das Sandra mir geschickt hatte: Ich bin im Kinderhort Pedralbes, einer Ganztageseinrichtung, in der die weniger konventionellen Großbürgereltern ihren Nachwuchs übers Wochenende lassen, wenn sie feiern gehen wollen. Meine Freundin und ich haben es geschafft, den Klavierhocker vor dem Flügel zu erklimmen, trommeln mit unseren Fingern auf dem stets abgeschlossenen Holzdeckel und tun so, als würden wir spielen. Da taucht eine Erzieherin auf, zusammen mit einem Mann, der einen Fotoapparat über der Schulter trägt. Die Eltern meiner Freundin haben den Schulfotografen beauftragt, Porträtbilder von ihrer Tochter zu machen. Die Fotos sollen im Garten entstehen, wo das Licht besser ist und die Umgebung ansprechender. Die Erzieherin sagt zu mir, ich müsse allein im Salon weiterspielen, bis sie fertig sind. Ich will aber auch fotografiert werden! Ich bin fünf, und plötzlich, zum ersten Mal in meinem Leben, überkommt mich ein Gefühl absoluter, unanfechtbarer Macht: Es wird mir gelingen, dass der Fotograf ein Bild von mir macht. Also gehe ich an eins der hohen Fenster im Salon, schiebe den Vorhang zurück und sehe den Mann und meine Freundin direkt hinter der Scheibe. Er schaut durch den Sucher, sie sitzt auf einer Bank. Ich klopfe an die Scheibe und beginne mit meinen Possen, nicht mit Faxen (noch bin ich nicht selbstbewusst genug für Faxen, und außerdem bin ich ein Mädchen, das stolz darauf ist, ein Mädchen zu sein, und mache keine Faxen): Ich tue, als würde ich mich verstecken, komme wieder heraus, lächle vergnügt oder sanft, mache ein überraschtes Gesicht, ein verträumtes, ein neugieriges, kurz: Ich spiele. Und der Fotograf vergisst für einen Moment sein kleines, folgsames Modell und macht ein Foto von mir.

Ein paar Tage später, als es entwickelt war, gab er es meiner Mutter.

»Schau mal, was für ein hübsches Foto von dir, von dem du gar nichts mitbekommen hast«, sagte sie, als sie es mir zeigte.

Sie klebte es ins Fotoalbum, und viele Jahre später erzählte ich ihr die wahre Geschichte dieses Bildes, die Entdeckung des Gefühls von Macht und von diesem Taumel, den ich damals zum ersten Mal empfand und den jeder ernsthafte Versuch von Verführung hervorruft (und für mich waren sie alle ernsthaft).

Wir sind alle das eine wie das andere, das schief sitzende Kind, das mit seiner Haltung und seiner Grimasse die Harmonie des Klassenbilds stört, und das Kind, das unbedingt angeschaut und fotografiert werden möchte.

12

Ich spürte, dass ich mich von Bruno entfernte, langsam von ihm wegglitt, wie ein Dampfer, der den Hafen verlässt, massig und träge, eine schaumige und glitzernde Spur hinter sich herziehend. Wir würden es nicht bemerken und schon wären wir sehr weit voneinander entfernt, das Meer ruhig, kein Wölkchen am Himmel und eine neue Wehmut in unseren Herzen.

»Warum kommst du nicht her? Komm schon, komm! Wir könnten es hier so schön haben«, sagte Bruno.

Er rief einmal am Tag an und schickte haufenweise Nachrichten. Am Telefon erzählte er mir, was er machte, und in den Nachrichten, was er gern mit mir machen würde. Das geschriebene Wort erlaubte größere Intimität und Verspieltheit. Durch die Textnachrichten konnte ich die Gedanken desjenigen lesen, der sie verfasst hatte. Wir wissen nicht, wer jemand ist, ehe wir ihm persönlich begegnet sind, doch ebenso wenig wissen wir es, bevor wir ihn gelesen haben. Wir sprachen nicht darüber, wie wir uns fühlten.

»Ich würde ja gern. Ich vermisse dich, aber ich muss arbeiten«, antwortete ich. »Ich komme nur langsam mit der Übersetzung voran.«

»Das Haus ist herrlich, und Virginias Freundinnen sind eine Wucht.«

Stimmt ja, er ist bei Virginia, dachte ich.

»Und wie ist es mit Virginia?«

»Super! Sie ist hier wie ausgewechselt, viel lustiger, lockerer, ich unterhalte mich nicht mal über Geschäftliches.«

Sie ist hässlicher als ich, dachte ich. Also, jedenfalls bilde ich mir das ein. Und der Dampfer bekam leichte Schlagseite nach backbord.

»Ach, ein Glück!«, sagte ich.

»Komm doch, komm«, beharrte er.

»Okay, ich denke drüber nach.«

Wir sollten ausschließlich mit Menschen sprechen, die wir gerne küssen würden, dachte ich eines Tages, als ich die vollen, wie Gewehrsalven tönenden Küsse gehört hatte, die Marc mir – als wäre er wieder fünf und nicht siebzehn – durchs Telefon schickte.

Ich schrieb ihnen jeden Tag und rief sie alle zwei, drei Tage an. Oft waren die Gespräche sehr kurz: »Wie geht's?« »Gut.« »Habt ihr schönes Wetter?« »Ja.« »Isst du gut?« »Ja.« »Wie geht's Papa?« »Gut.« »Ist das Meer kalt?« »Nein.« »Gut dann, also. Träum was Schönes. Ich hab dich lieb.« »Jepp.« Aber das genügte. Ich sagte ihnen oft, dass ich sie lieb hatte, ich wollte, dass sie einen Fundus von Ich-hab-dich-liebs besaßen für die Zukunft, falls sie irgendwann in vielen Jahren auf den aberwitzigen Gedanken verfallen sollten, sie würden nicht geliebt.

Ich hatte festgestellt, dass sich die Liebe meiner Eltern, von der ich nach ihrem Tod eine Weile dachte, sie sei verflogen, in meinen Söhnen fortgepflanzt und, sofern das möglich war, sogar verstärkt hatte. Sie war unser einzig erdenkliches Erbe, diese Liebe, die wir einander weitergaben wie einen glühenden Stein. Ich war keine Waise, denn ich hatte Kinder, und außerdem ist, im Ernst, niemand ein Waisenkind mit über dreißig.

Ich übersetzte ohne übertriebene Begeisterung. Das

Buch, das Paco, mein Verlegerfreund, mir gegeben hatte, war diesmal wirklich zäh. Vielleicht rächt er sich so für meine Langsamkeit und die mangelnde Zuverlässigkeit, dachte ich. Trotzdem gefiel mir das Übersetzen, war es angenehm, sich in die Wörter eines anderen zu versenken, zu versuchen, das zu vermitteln, was jemand hatte sagen wollen, der klüger war und mehr wusste als ich. Die Wörter der anderen behandelte ich immer überaus sorgfältig, legte sie unter die Lupe, hielt sie ins Sonnenlicht, betrachtete sie aus allen erdenklichen Blickwinkeln wie kleine archäologische Artefakte und drehte und wendete sie so lange, bis sie ihre wahre Absicht offenbarten. Schnell war ich nicht, aber sehr gründlich. Restlos zufrieden mit dem Ergebnis war ich nie. Und als Leserin hatte ich mehr schlecht übersetzte als schlecht geschriebene Bücher weggeworfen! Traf ich dann einmal den Autor eines von mir übersetzten Buchs, fühlte ich mich, als würde ich einem alten Freund begegnen. Dieser Eindruck war natürlich nicht gegenseitig, und die Autoren mussten denken, dass diese Frau, die sie da dümmlich anlächelte und unablässig nickte, nicht ganz richtig im Kopf war.

Ich wollte mich eben an die Arbeit machen, da rief Marta an:

»Ich habe in der Zeitung ein paar Traueranzeigen für Gema gefunden oder, besser gesagt, Gedenkanzeigen oder wie die heißen«, sagte sie nach der Begrüßung. Wir hatten seit dem Mittagessen bei mir nicht mehr miteinander gesprochen.

»Ja, Jahresgedenken. Ernsthaft? Super!«

»Einfach ihren Namen in die Suchmaske der Zeitung, und schon hatte ich fünf Anzeigen aus beliebigen Jahren,

91, 92, 94, 99 und 2005. Wenn du übers Zeitungsarchiv der Bibliothek gehst, findest du bestimmt noch mehr, die haben alle Zeitungen seit 1881 gescannt.«

»Danke vielmals. Ich schaue mir das an«, sagte ich.

»Übrigens, hast du was von Beatriz gehört?«

»Von Beatriz? Nein, diese Woche habe ich nicht mit ihr gesprochen. Warum? Ist was mit ihr?«

»Irgendwie glaube ich, es geht ihr nicht gut«, antwortete Marta. »Als wir bei dir waren, schien sie mir ein bisschen niedergeschlagen und antriebslos. Ist dir nichts aufgefallen? Ich habe sie ein paar Tage später angerufen, und da war sie auch so, ich glaube, weil ihre Mutter so krank ist.«

»Meinst du? Ihre Mutter ist doch seit zehn Jahren krank, mir war nicht klar, dass es schlimmer geworden ist, mir hat sie nichts davon gesagt. Aber ich rufe sie auf jeden Fall an, klar.«

»Ja, mach das, das freut sie bestimmt, nach all den Scheußlichkeiten, die du neulich über ihre Zähne gesagt hast.«

Wir lachten.

»Ah! Sei bloß still! Erinner mich nicht an diesen Horror! Ich rufe sie an, kein Problem.«

Ich arbeitete den ganzen Morgen und rief dann am Mittag, während ich ein Sandwich vor dem Computer aß, die Zeitungsseite im Netz auf. Marta hatte recht, es gab nicht nur fünf Jahresgedenken, es gab viel mehr.

Ich notierte sie mir:

13.2.1989 Erster Jahrestag

Du bist heimgegangen zum Herrn am 13. Februar 1988. An diesem Tag ist dein irdisches Leben erloschen und eine Hoffnung wurde in unserem Herzen entzündet.

Wesen wie du sterben nicht, sie verwandeln sich in Sterne und in Hoffnung. Zu diesem Fortbestehen wollen wir mit einer Messe in der Parroquia Castrense beitragen.

13.2.1990 Zweiter Jahrestag
Die Erinnerung an dich lebt weiter in unseren Herzen, im Gedenken an dich feiern wir eine Messe in der Parroquia Castrense.

13.2.1991 Dritter Jahrestag
Die Erinnerung an dich lebt weiter in unseren Herzen. Im Gedenken an dich sprechen wir unsere Gebete.

13.2.1992 Vierter Jahrestag
Gema, du bist heute wie an allen Tagen bei uns, wir möchten, dass du in unserer Mitte weiterlebst. Im Gedenken an sie bitten wir um ein Gebet.

13.2.1993 Fünfter Jahrestag
Die Zeit lindert unsere Trauer und festigt unsere Erinnerung an dich. Im Gedenken an dich sprechen wir ein Gebet.

13.2.1994 Sechster Jahrestag
Du lebst fort in der Erinnerung von allen, die dich kannten.

13.2.1995 Siebter Jahrestag
Dein Andenken ist wach in unserem Herzen und in denen, die dich kannten.

13.2.1996 Achter Jahrestag
Du warst das Beste in unserem Leben und so denken wir an dich. Deine Eltern, Familie und Freunde.

13.2.1997 Neunter Jahrestag
Die Jahre vergehen, doch die Erinnerung an dich besteht unverrückbar fort in allen Herzen, die dich kannten.

13.2.1998 Zehnter Jahrestag
Die Erinnerungen an dich geben unserem Leben Kraft.

13.2.1999 Elfter Jahrestag
Die Erinnerung an dich hilft uns über alle Schwierigkeiten hinweg.

13.2.2000 Zwölfter Jahrestag
Deine Güte und die Liebe zu deinen Mitmenschen geben unserem Dasein einen Sinn.

13.2.2001 Dreizehnter Jahrestag
Trotz der langen Zeit bist du mit der gleichen Kraft bei uns allen wie im ersten Jahr.

13.2.2002 Vierzehnter Jahrestag
Die Jahre vergehen, aber du wirst immer in unserem Herzen sein und in dem jedes Menschen, der dich kannte.

13.2.2003 Fünfzehnter Jahrestag
Gott hat dich zu sich gerufen und folgsam bist du zu ihm gegangen und hast uns in tiefster Leere zurückgelassen. Dennoch werden wir dich niemals vergessen.

13.2.2004 Sechzehnter Jahrestag
Mit solcher Kraft hast du unsere Herzen gewonnen, das [im Text ist ein Druckfehler] die Erinnerung an dich in allen wach ist, die dich kannten.

13.2.2005 Siebzehnter Jahrestag
Die Erinnerung an dich hilft uns über alle Schwierigkeiten hinweg.

13.2.2006 Achtzehnter Jahrestag
Die Erinnerung an dich hilft uns über alle Schwierigkeiten hinweg.

13.2.2007 Neunzehnter Jahrestag
Wir wissen, dass du uns von dort, wo du jetzt bist, bei allem hilfst, und dafür danken wir dir und für all die Freude, die du uns zu Lebzeiten bereitet hast.

13.2.2008 Zwanzigster Jahrestag
Deine Güte und die Liebe zu deinen Mitmenschen sind der Sinn unseres Daseins.

13.2.2009 Einundzwanzigster Jahrestag
Die Jahre vergehen, doch die Erinnerung an dich besteht unverrückbar fort in allen Herzen, die dich kannten.

13.2.2010 Zweiundzwanzigster Jahrestag
Die Zeit lindert unsere Trauer und festigt unsere Erinnerung an dich. Im Gedenken an dich sprechen wir ein Gebet.

13.2.2011 Dreiundzwanzigster Jahrestag
Die Zeit lindert unsere Trauer und festigt unsere Erinnerung an dich. Im Gedenken an dich sprechen wir ein Gebet.

13.2.2012 Vierundzwanzigster Jahrestag
Gema, trotz der langen Zeit lebst du durch deine Güte und die Liebe zu deinen Nächsten im Herzen von allen fort, die dich kannten. Wir, deine Freunde und deine Familie, bitten dich, bleib bei uns.

Dort war Gema. Und sie war nicht im Frühling gestorben, sondern im Winter – und der Himmel verdunkelte sich, es entstand ein Wirbel, und herab trudelten ein blassblauer Pulli für Gema und ein gestreifter Schal für mich. Und ihre Eltern hatten vierundzwanzig Jahre hindurch Gedenkanzeigen für sie geschaltet. Sie war nicht vergessen worden, nicht so schnell jedenfalls. Und offenbar hatte sie ihren Eltern einen Fundus aus Ich-hab-dich-liebs hinterlassen. Die letzte Anzeige stammte aus dem Jahr 2012. Waren sie gestorben?

Vielleicht waren sie selbst zu einer Traueranzeige geworden, oder sie waren zu müde – nach diesem Tod mussten sie ein Leben in anhaltender Erschöpfung geführt haben –, hatten es vergessen, waren krank geworden, vielleicht war die Erinnerung an ihre Tochter in einem teuflischen oder barmherzigen Dunst verschwommen, vielleicht hatte die Nähe des eigenen Todes sie überfallen, und sie hatten gedacht, sie würden einander sowieso bald wiedersehen. Vierundzwanzig Gedenkanzeigen hatten sie geschaltet, das waren viele, dennoch wäre es mir lieber gewesen, es wäre weitergegangen: 2013, 2014, 2015 … Alles sollte sich auf immer fortsetzen, dachte ich, wie endlose gerade Linien, die niemals abbrechen, unsere Kindheit, unsere Jugend, unsere Reife, und wir könnten von einer Bahn auf die andere gleiten wie beim Spurwechsel auf der Autobahn oder auf einem Bein durch unser Leben hüpfen wie über die Felder beim Himmel und Hölle.

Ich dachte an Gemas Eltern, die jeden Morgen auf dieser Welt, wenn sie die Augen aufschlugen, erneut diesen Tod vorfanden, der immer abgenutzter und verstaubter und stumpfer wurde für alle, außer für sie selbst. Sie mussten ihn jeden Tag aufs Neue einweihen, frisch und unverbraucht, eben hergestellt.

Einmal hatte meine Mutter mir von einer Bekannten erzählt, deren Sohn mit zwanzig unter sehr dramatischen Umständen (aber welche wären das nicht?) ums Leben gekommen war. Sie überlebte ihn um viele Jahre, doch jedes Mal, wenn sie einen Brief schreiben oder in einem Formular oder einem Dokument das Datum einsetzen musste, schrieb sie unwillkürlich, ohne es überhaupt zu bemerken, das Sterbedatum des Jungen hin, als wäre seither kein einziger Tag vergangen, als wäre in diesem Augenblick alles für immer zum Stillstand gekommen.

13

Ich stellte das Auto am Fuß der Allee ab, durch die ich jeden Morgen von der Bushaltestelle zur Schule gelaufen war und in der umgekehrten Richtung am Abend. Mein Termin war um elf.

Ich hatte ans Französische Gymnasium geschrieben und um einen Besuchstermin gebeten. Vielleicht würde sich ja irgendeine alte Lehrerin an Gema oder an ihre Eltern erinnern, und ich war neugierig darauf, den Schulhof wiederzusehen. Es wird sehr romantisch sein, über den Hof meiner Kindheit und Jugend zu schlendern, sagte ich mir. Manches tun wir nur, um uns selbst dabei zuzusehen oder damit andere uns dabei zusehen, wie wir es tun.

Wegen der islamistischen Anschläge war der Maschendrahtzaun um das Schulgelände durch eine hohe Palisade aus hellem Holz ersetzt worden, was nach befestigter Burganlage aussah.

Am Eingang musste ich durch eine Sicherheitsschleuse, wo man meinen Ausweis sehen wollte und ich eine eingeschweißte »Besucher«-Karte bekam, die ich in meine Handtasche schob. Wie verändert alles war! Zu meiner Zeit gingen wir nach Belieben in der Schule ein und aus, es gab keine Sicherheitsvorkehrungen, die man nicht leicht hätte umgehen können, wenn man nachsichtige Eltern hatte oder in der Lage war, ihre Unterschrift zu fälschen. In der Vorhalle kamen mir zwei Männer entgegen, die mich lächelnd auf Französisch grüßten. Ein paar Handwerker waren auf einer Galerie zugange, hoben den Kopf, als sie meine Schritte hörten, und wandten sich sofort wieder ihrer Arbeit zu. Ansonsten wirkte die Schule menschenleer. Später erzählte mir die Sekretärin des Proviseurs, dass sie dabei waren, auf der Galerie einen Chill-out-Bereich einzurichten. Der Hof war wie ausgestorben.

Es war das erste Mal, dass ich einen Fuß ins Büro des Schulleiters setzte. Als Jugendliche war ich ziemlich aufsässig gewesen, hatte für Flegeleien aber nichts übrig. Ich wurde nie bestraft, nie ins Büro des Proviseurs zitiert. Einmal gestand mir eine Freundin, dass eine Lehrerin ihr geraten hatte, sich von mir fernzuhalten, weil ich ein schlechter Einfluss sei. Das machte mich sehr froh, wir träumten alle davon ein schlechter Einfluss zu sein! Das beste Kompliment überhaupt! Nur hatte es mit der Wirklichkeit nichts zu tun.

Das Büro war ziemlich geräumig und unpersönlich, in Grau- und Brauntönen gehalten. Bestimmt hat das schon zu meiner Schulzeit so ausgesehen, dachte ich. Die großen Schiebefenster gingen auf den Hof, aus dieser Perspektive hatte ich ihn nie gesehen, mit so viel Überblick, von hier mussten die Kinder wie Flöhe wirken. Monsieur González war ein zuvorkommender Mann mittleren Alters in einem grauen Anzug, maßgeschneidert, aber nicht übermäßig gebügelt, die eine Schulterpartie etwas niedriger als die andere, was ihn nahbar und sympathisch machte, leicht schwankend, als hätte er ein Holzbein, kein Vergleich zu den furchteinflößenden Schulleitern meiner Zeit. Er wirkte ernst, aber nicht steif, vertrauenerweckend, er hätte der großzügige und gutmütige Bäcker aus einem Märchen sein können. Bestimmt isst er gern und weiß einen guten Witz zu schätzen, dachte ich. Er zeigte mir gegenüber keinerlei

Anzeichen von Kumpanei, er wollte mir lediglich behilflich sein.

»Einfach ist das nicht, ist ja sehr lange her«, sagte er, nachdem ich ihm erklärt hatte, dass ich jemanden suchte, der sich an Gema erinnerte. »Mal schauen, was sich da machen lässt.« Und das Büro verlassend: »Bin gleich wieder da.«

Ich sah hinaus auf den Hof, mir war, als würde ich von weit her ein dünnes Stimmchen hören, verstand aber nicht, was es mir sagte. Sind alle Schulhöfe gleich hässlich oder ist es der hier besonders?, fragte ich mich. Nach ein paar Minuten kam Monsieur González in Begleitung seiner Sekretärin wieder und hatte die Person dabei, die für die Außenkontakte der Schule zuständig war. Ich erkannte sie sofort: Isabel Margarit, das Mädchen, das Gema vor dreißig Jahren auf dem Pausenhof verheiratet hatte!

Auf dem Foto, das Sandra mir geschickt hatte, sah man Isabel lächelnd und zahnlos in einem roten Rollkragenpulli, das sehr blonde, fast schon weiße Haar zu einem kurzen Pagenkopf geschnitten, der Gesichtsausdruck offen und freundlich, sehr hübsch, jedoch ohne das Geheimnis und das ungeniert Grausame, das Sandra hatte. Sie war unverändert, sah noch immer genauso gesund, zupackend und leicht calvinistisch aus wie als Kind. Uff, ein Glück!, dachte ich. Diesmal bleibt mir der Schreck erspart. Sie hatte mich auch wiedererkannt.

»Nun, ich nehme an, Sie haben sich eine Menge zu erzählen«, sagte Monsieur González lächelnd. »Und ich habe zu tun. Madame Margarit, wären Sie so freundlich, ihre frühere Mitschülerin auf einem Rundgang durch die Schule zu begleiten? Das würde ihr sicher gefallen.«

Ich nickte erfreut. Wie zuvorkommend und elegant! Meine erste Begegnung mit der obersten Autorität der

Schule hätte erfreulicher nicht verlaufen können. Das muss ich Marta und Beatriz erzählen, dachte ich, die sterben vor Neid, vor allem Beatriz, die ihre Kinder hier zur Schule schickt und sagt, sie kennt ihn nicht einmal.

»Gehen wir«, sagte Isabel, »versuchen wir es zuerst in der Spanisch-Abteilung, Madame Mas war zu unserer Zeit für die Hofaufsicht zuständig. Vielleicht erinnert sie sich noch an Gema.«

Madame Mas stritt sich gerade lautstark am Telefon mit einem Vater, der mit den Noten seines Sohnes nicht einverstanden war. Als sie uns sah, bedeutete sie uns mit einer Handbewegung, dass wir warten sollten, und verdrehte die Augen. Auf der Korkpinnwand hinter ihr entdeckte ich mehrere Fotos von ihr als Don Quijote verkleidet auf einem Fest. Als das Gespräch beendet war, warf sie sich in meine Arme:

»Deine Mutter war so großartig«, sagte sie. »Ich habe alle ihre Bücher gelesen.«

»Ja? Wie schön! Vielen Dank«, sagte ich und gab mir Mühe, die gewaltige Genugtuung, Dankbarkeit und Wehmut zu überspielen, die mich immer überkam, wenn sich jemand an einen meiner geliebten Toten erinnerte.

»Seltsam«, murmelte sie, als wir ihr den Grund unseres Besuchs nannten. »Ich erinnere mich an keine Gema, die an Leukämie gestorben wäre. Seid ihr sicher?« Und als sie unsere konsternierten und ungläubigen Gesichter sah: »Nicht, dass das nicht passiert sein kann, ja? Aber es gab so viele Kinder! Jeden Sommer haben sich zwei oder drei mit dem Moped totgefahren, sie gingen und kamen nie wieder. Ihr hattet ja nur acht oder neun Lehrer und dreißig Mitschüler, aber ich hatte Hunderte von Schülern, ich kann mich unmöglich an alle erinnern.«

»Ja, sicher, so viele Gesichter. Ist normal, dass Sie sich nicht erinnern«, sagte ich.

»Und was wolltet ihr sonst noch wissen, Kinder? Was gibt's Neues bei euch?«

Da klingelte das Telefon wieder.

»Sie ist ein bisschen geschwätzig«, entschuldigte sich Isabel, als wir das Büro verlassen hatten. »Sollen wir eine Runde über den Sportplatz drehen?«, fragte sie, während wir die Treppe hinunterstiegen.

»Am liebsten würde ich rausgehen, eine rauchen«, sagte ich. »Ist hier ja wahrscheinlich verboten, oder?«

»Auf dem Schulgelände schon, aber wir können rausgehen.«

»Wie kommt es, dass du in der Schule gelandet bist?«

»So viele Jahre nichts wie weg hier, nur um dann doch wieder hier zu landen, was?«, sagte sie lächelnd. »Du wirst lachen, eigentlich bin ich Tierärztin, und vor zehn Jahren bin ich mit meinem Mann und unseren vier Kindern in die Schweiz gegangen. Dort habe ich als Tierärztin für Nutzvieh gearbeitet, Kühe, Lämmer und so, das ist mein Ding. Aber dann hat Alberto ein gutes Angebot in Barcelona bekommen, und wir sind wieder hergezogen. Mir war klar, dass ich wenig Lust habe, tagein, tagaus in einer Stadtpraxis Schoßhunde zu entwurmen. Und weil ich immer noch Leute aus der Schule kannte, habe ich irgendwann mitbekommen, dass sie jemanden für die Außendarstellung und die institutionellen Kontakte suchen.«

Ich lehnte mich an den Holzzaun, der den früheren Maschendraht ersetzt hatte, und holte das Päckchen Zigaretten heraus. Ich bot Isabel eine an in der festen Überzeugung, dass sie ablehnen würde.

»Ach, warum nicht! Auf Gema!«, sagte sie. »Weißt du, dass wir, als ich sie das letzte Mal sah, genau hier gestanden haben? Sie hat geraucht, es war vor den Weihnachtsferien. Wir haben eine Weile geredet, sie sah da eigentlich schon sehr schlecht aus, sie hatte stark abgenommen, es war offensichtlich, dass etwas mit ihr nicht stimmte. ›Die Ärzte sagen, es ist wahrscheinlich eine Blinddarmentzündung‹, hat sie gesagt, ›vielleicht muss ich operiert werden.‹ Sie hat kein bisschen beunruhigt gewirkt. Zwei Monate später war sie tot.« Sie nahm einen Zug von der Zigarette. »Ich glaube, an dem Tag, als sie gestorben ist, war ich Ski fahren.«

»Und du hast sie nicht noch mal gesehen? Weißt du, ob sie noch mal in der Schule war, nachdem sie die Diagnose bekommen hatte?«

»Das kann ich dir nicht sagen.« Sie sah zu Boden und seufzte. »Dieser Tod war schwierig für mich. Ich hatte sie sehr gern. Wir waren eng befreundet.«

»Und du warst nicht bei ihr im Krankenhaus?«

»Nein.«

Auf der gegenüberliegenden Straßenseite war die von zwei gewaltigen, vor Geranien überquellenden Blumenkübeln flankierte Steintreppe des Club de Tenis Barcelona unverändert. Ihre Schläger schwingend kamen dort gerade zwei junge Frauen in Shorts herab. Es war ein strahlender Tag.

»Und was ist aus den Eltern geworden? Weißt du das?«

»Ja, ja, zu denen habe ich Kontakt, ein-, zweimal im Jahr gehe ich hin. Die Mutter ist letztes Jahr gestorben. Luis ist wohlauf, sehr betagt mittlerweile, bald sechsundachtzig. Gesundheitlich ist er angegriffen, aber er erkennt mich noch, und ich glaube, er freut sich, wenn er mich sieht. Wir sprechen nicht über Gema, er ist sowieso nicht mehr sehr gesprächig, ich setze mich zu ihm, halte seine Hand, und er lächelt. Zwei Pflegerinnen kümmern sich abwechselnd um ihn, und ich meine, er hat einen Neffen, der irgendwo außerhalb wohnt und ihn hin und wieder besucht. Soll ich dir Bescheid sagen, wenn ich das nächste Mal hingehe?«

»Ja, sicher. Sehr gern!«, sagte ich.

Tatsächlich täte die Person das gern, die ich gern wäre, dachte ich. Wir haben nicht viel Handlungsspielraum, wir sind, wer wir sind, festgelegt durch zwei, drei Eigenschaften (nicht alle positiv): großzügig, feige, tolerant, gut. Und diese zwei, drei Eigenschaften treten irgendwann immer hervor, und wenn du dich auf den Kopf stellst. Ich wollte keinen unbekannten, kranken Mann daheim besuchen! Da zeigte Isabel mir ein Foto vom letzten Mal, als sie bei ihm gewesen war.

»Schau, wie gut er sich gehalten hat«, sagte sie.

Das Bild zeigte einen in eine Decke mit Schottenmuster gehüllten Greis mit sehr rundem Kopf und kleinen Vogelaugen, der selig lächelnd in die Unendlichkeit schaute.

»Wie nett«, sagte ich. Und: »Nur für den Fall, dass ich an dem Tag irgendeinen Termin habe, der sich nicht verschieben lässt, und nicht mitkommen kann, dann sagst du ihm, dass ich mich auch an Gema erinnere, und grüßt ihn ganz herzlich von mir, ja?«

Ich wollte eben ins Auto steigen, da fiel mir ein, dass ich vergessen hatte, dem Proviseur eine wichtige Frage zu stellen. Ich rannte zurück zur Schule und sprang die Treppe hinauf.

»Monsieur Proviseur!«, sagte ich, in sein Büro platzend. »Ich wollte Sie noch etwas fragen. Ich erinnere mich, dass mir eine Lehrerin einige Monate nach Gemas Tod erzählte, dass ihre Eltern manchmal, wenn die Schüler schon weg waren, in die Schule gekommen sind und stundenlang an ihrer Schulbank saßen, bis es dunkel wurde. Ich weiß, Sie haben damals noch nicht hier gearbeitet, aber halten Sie das für möglich? Die Schulregeln sind ziemlich streng. Meine Freundinnen erinnern sich nicht, sind aber sicher, dass die Schule das niemals gestattet hätte.«

Er nahm seine Brille ab, reinigte sie mit einem himmelblauen Tuch, das an einer Seite auf seinem Schreibtisch lag, und dachte kurz nach.

»Madame, ich kann Ihnen nicht sagen, wie es gewesen ist, das weiß ich ja nicht. Aber ich hätte es gestattet. Doch, auf jeden Fall.«

Seine Hände lagen ausgestreckt auf dem Tisch, es waren in der Tat die Hände des gutmütigen Bäckers.

Ehe ich ging, warf ich noch einmal einen Blick hinaus auf den Hof.

Es gab hier nichts zu sehen, da war bloß ein stiller und leerer Schulhof. Nicht nur gab es keine Spur von uns, es gab auch keine von den Kindern, die hier vor den Ferien herumgerannt waren, noch nicht einmal von denen, die ihn vor einer halben Stunde überquert hatten. Der alte Hof hatte seine Pforten ruhig und teilnahmslos geöffnet, ohne jedes Feuer, ohne Begrüßungstusch für mich, Erleuchtung, Huldigung. Er sagte: Hier hast du gelebt, hier ist dies passiert und das und auch noch jenes, und danach habe ich mein Hofdasein fortgesetzt, weitere Kinder, weitere Geschichten, eine nach der anderen auf dem eiligen Weg ins Vergessen.

14

Genervt betrachtete ich meinen Schreibtisch. Was für ein Saustall, dachte ich, kein Wunder, dass es mir schwerfällt, an die Arbeit zu gehen. Nach und nach war mein Tisch unter Erinnerungen an meine Schulzeit verschwunden. Als ich entdeckte, dass sie noch im gleichen Format und mit demselben Text veröffentlicht wurde wie in meiner Kindheit, hatte ich eine Ausgabe meiner ersten Lesefibel gekauft, *Daniel et Valérie*. Vermutlich gab es nicht Tausende von Methoden, um lesen zu lernen, es war wie schwimmen oder Fahrrad fahren lernen, dagegen lernte sich tanzen, schreiben oder vögeln schon etwas komplizierter, weil es dabei vor allem auf Rhythmus ankam. Ich hatte das Foto ausgedruckt, das Sandra mir geschickt hatte. Ich betrachtete es, als erwartete ich, dass Gema jeden Moment wie von Geisterhand sichtbar würde, verborgen hinter einem der Mädchen oder zusammengekauert in irgendeinem Winkel, der mir bislang entgangen war. Eines Tages entdeckte ich Raquel in der dritten Reihe, ein schnurrbärtiges und gemeines Mädchen, das immer »Sommersprossenflunsch« zu mir gesagt hatte. Um ihre Gemeinheit zu vertuschen, hatte ihre Mutter ihr für das Foto eine rosa Spange ins Rabenhaar gesteckt. Ich hatte mir auch die Originale der Zeitungen mit den Gedenkanzeigen für Gema besorgt und sie ausgeschnitten, um sie in ein Heft mit Erinnerungen an Gema zu kleben, das ich anlegen wollte. Aber vorerst flogen sie wie kleine, düstere Briefmarken auf meinem Tisch herum, zwischen Parfüms, Büchern, Lippenstiften, Postkarten, Kaffeetassen, Nagellack, Kerzen und Terminkalendern: dem ganzen kindlichen, weiblichen und aufmunternden Krimskrams, mit dem einige von uns Frauen (und auch ein paar Männer) sich umgeben.

Also, sagte ich mir, während ich mir mit einem der acht Lippenstifte, die auf dem Tisch verstreut lagen, die Lippen anmalte, ich räume das später auf, jetzt habe ich keine Zeit.

Der Verlag befand sich nicht weit von mir in einem Wohnhaus. Als ich eintrat, begrüßte mich die Frau am Empfang lächelnd und stand auf, um Paco Bescheid zu sagen. Ich glaube, er erwartet dich schon, sagte sie. Wir verabredeten uns ungefähr einmal im Monat im Verlag oder in irgendeinem Restaurant, um uns auf dem Laufenden zu halten und zu tratschen. Diesmal hatte ich ihn angerufen, weil ich ihm sagen wollte, dass ich nicht pünktlich mit der Übersetzung fertig sein würde. Ich tat nichts. Gema und Bruno beschäftigten die meisten meiner Gedanken. Das Schweigen der einen und das Getöse des anderen hinderten mich daran, mich zu konzentrieren, hielten mich in einem Zustand ständiger Aufgeregtheit und Unruhe. Und wenn die Kinder wieder zurück wären, würde ich noch weniger Zeit haben, ich würde sie ja nicht zu Hause einsperren!

Die Geschäftsräume waren sehr ordentlich für einen Verlag, Bücher waren kaum zu sehen, die Neuerscheinungen türmten sich auf ein paar niedrigen Tischen zu zwei Wolkenkratzern. Im Vorbeigehen nahm Paco welche herunter:

»Hier, bitte, sind gerade erschienen«, sagte er, »die gefallen dir bestimmt. Komm.«

Ich folgte ihm in sein Büro, ein helles, großes Zimmer mit einem kleinen Balkon, der auf einen dschungelhaften, sehr verwilderten Innenhofgarten hinausging, ein verstaubtes Gewirr aus Schlingpflanzen, Farnen und halb umgestürzten Bäumen.

»Ja, ist ein bisschen verwahrlost hier«, sagte Paco und ließ sich schwer in einen Sessel fallen. »Weil es allen gehört, kümmert sich keiner drum, von den Bewohnern im Haus will niemand zuständig sein. Einmal im Jahr kommt der Gärtner von nebenan mit der Machete, stutzt ein bisschen, legt Rattengift aus und verschwindet wieder. Und zwei Monate später sieht es wieder genauso aus. Wie alles in diesem Leben halt.«

»Sehr verwunschen«, sagte ich.

»Magst du was trinken? Wenn du nichts dagegen hast, genehmige ich mir ein Glas Weißwein, es ist Freitag, und meine Arbeit ist für heute getan. Ich mache uns eine Dose Oliven auf.« Er stützte die Arme auf die Sessellehnen, erhob sich und ging zu einem kleinen Kühlschrank, der schwarz und glänzend wie ein Tresor in einer Ecke seines Büros stand. »Ich bin ein bisschen müde.«

Das ist das erste Mal, dass ich ihn sagen höre, er sei müde, dachte ich. Die meisten Menschen sind entweder immer müde oder nie. Ich bin, vorsichtshalber, immer müde. Obwohl es noch keine zwölf Uhr war und ich noch nichts gegessen hatte, entschloss ich mich, ihm mit dem Wein Gesellschaft zu leisten. Auf dem Balkon gab es eine Hängematte.

»Liest du die Manuskripte in der Hängematte?«, fragte ich. »Ist das nicht unbequem?«

»Na ja, manchmal …« Er stockte ein bisschen. »Um ehrlich zu sein, ist sie für die Siesta, ich bin gerade ziemlich viel hier, bin seit kurzem getrennt.«

»Ernsthaft? Seit wann? Wieso hast du mir nichts davon erzählt?«

»Na ja«, sagte er, »wir haben uns lange nicht gesehen, du bist eine vielbeschäftigte Frau.«

Ich lachte.

»Du weißt, dass das nicht stimmt.«

»Und du gehst ums Verrecken nicht ans Telefon.«

Natürlich!, dachte ich. Das erklärt alles: Seine Müdigkeit, sein etwas vernachlässigtes Äußeres – sein Hemd war schief geknöpft, und er hatte sich seit mindestens vier Tagen nicht rasiert – und sein überhaupt niedergeschlagenes Verhalten.

Ich kannte seine Frau nur flüchtig, aber wir waren uns bisweilen bei Verlagsevents begegnet, und sie war mir gegenüber immer sehr herzlich gewesen.

»Oje, das tut mir leid«, sagte ich.

»Muss es nicht. Den Kindern geht es gut, das ist die Hauptsache. Es war einvernehmlich, halbwegs.« Und weiter: »Auch wenn ich mich natürlich lieber nicht getrennt hätte.«

Er leerte sein Weinglas in einem Zug, schenkte sich nach, sah mich lächelnd an und seufzte. Wie sonderbar, diesen tatkräftigen Mann seufzen zu hören. Manchmal hörte ich meinen älteren Sohn in seinem Zimmer seufzen, ehe er sich an ein Klavierstück machte, ein langes und gemessenes Seufzen. Und ich musste an meine Mutter denken, die immer dieses Gedicht von Rubén Darío zitiert hatte, wenn sie mich seufzen hörte, was ziemlich häufig vorkam: »Die Prinzessin ist traurig … Was ist der Grund? Das Seufzen entflieht ihrem Erdbeermund.«

»Und wie geht es dir?«, fragte er. »Du bist ein wenig mit unserer Übersetzung im Verzug, richtig?«

»Ja, genau, wenn du nichts dagegen hast, versuche ich, sie bis Anfang Oktober fertig zu kriegen.«

»Das hatte ich mir schon gedacht …«, sagte er. »Kein Problem. Darf ich dich was fragen?«

»Ja, sicher!«

In dem Moment streckte seine Sekretärin den Kopf zur Tür herein, um Bescheid zu sagen, dass sie zum Mittagessen ging.

Darf ich dich was fragen? Ich hatte ehrlich nicht viel übrig für diese Frage. Hinter der vermeintlichen Höflichkeit und dem Fingerspitzengefühl verbarg sich doch immer eine Unverschämtheit und der Ansatz von Erpressung und Gezerre. Nervige Unbekannte fragen dich ständig, ob sie dich was fragen dürfen, und nervige Lebensgefährten fragen dich, was du denkst. Sie schleichen sich hinterrücks ans Sofa an, und wenn es schon zu spät ist, um sich schlafend zu stellen, schauen sie dich verzückt an und hauchen: »Woran denkst du?« Wie ätzend! Eins zu eins das »Mir ist langweilig« von kleinen Kindern.

Aber der arme Paco war seit kurzem getrennt, was hätte ich denn sagen sollen. Darf ich dich was fragen? Aber sicher doch!

»Sag mal, warum bist du nicht im Urlaub mit diesem grandiosen, glamourösen Schauspieler, den du da hast?« Und ohne mir Zeit für eine Antwort zu lassen: »Weißt du, dass ich mich beim ersten Mal, als wir uns gesehen haben, ein bisschen in dich verliebt habe. Ich erinnere mich sogar noch an die Bluse, die du anhattest, aus senfgelber Seide, etwas durchsichtig, mit einem kleinen blauen Muster drauf. Ich dachte: Diese Frau …«

Ich erinnerte mich nicht. Hätte mich jemand fünf Minuten zuvor gefragt, unter welchen Umständen ich Paco kennengelernt hatte, wäre ich außerstande gewesen, das zu beantworten. Doch sobald er ansetzte, mir die Szene zu beschreiben, trat sie mir glasklar vor Augen, als hätte seine Erinnerung an meiner gezogen und sie vom Meeresgrund an die Oberfläche geholt. Ich erinnerte mich an das Restaurant, es lag neben dem Verlag, für den ich damals arbeitete, hatte einen Hinterhof mit einem Baum, der in einem sehr blassen Rosa blühte, fast weiß. Und an die Bluse erinnerte ich mich natürlich auch. Ich hatte sie in Paris gekauft. Und richtig, es war mir vorgekommen, als würde Paco sie sehr eingehend betrachten. Über Jahre war sie meine Lieblingsbluse gewesen, ich hatte sie auch getragen an dem Tag, als ich an der Tür zum Theater Víctor wiedersah, den Vater meines jüngeren Sohnes, nach einer Taxifahrt zum Montjuic, die mir sowohl endlos als auch sehr kurz vorgekommen war, wie alles, was wichtig ist. Ich fragte mich, ob sich Víctor an die Bluse erinnerte.

»Das hat nichts zu bedeuten«, sagte ich. »Man verliebt sich in alle, denen man über den Weg läuft, und sei es nur für eine Nanosekunde. Dann geht das wieder weg, und wir vergessen es, aber für einen Augenblick waren wir alle in alle verliebt. Das ist normal.«

»Glaubst du?«, antwortete er nachdenklich.

Er trug ein paar sehr alte Stoffturnschuhe, zog seine Socken hoch – weiß, mit einem blauen und einem roten Streifen am oberen Rand, wie die, die wir als Kinder beim Sport getragen hatten –, vergewisserte sich, dass sie stramm saßen, und löste und band sich mehrmals die Schnürsenkel.

»Um ehrlich zu sein, bin ich nicht mit Bruno in Urlaub gefahren, weil mir nicht danach war«, sagte ich, »auch wenn ich zu ihm gesagt habe, ich würde hierbleiben, um zu arbeiten.« Und weiter: »Ich stecke mitten in einer Recherche.«

Er lachte.

»Eine Recherche, was? Soll das heißen, du checkst jemand auf deiner Warteliste?«

»Ich habe nie jemand auf der Warteliste«, sagte ich, »ich

habe nicht mal eine Warteliste, so primitiv bin ich nicht. Und außerdem bin ich kein Mann«, fügte ich hinzu.

»Ich weiß, ich weiß. Komm, reg dich nicht auf. Ich weiß ja, du bist eine reine und treue Seele. Erzähl, was machst du also allein in der Stadt. Was ist das für eine Recherche?«

»Das ist ein Ding!«, murmelte er, als ich ihm die Sache mit Gema erzählt hatte. »Ich war auf dem San Ignacio, also habe ich sie leider nicht gekannt, aber wie hieß das Restaurant ihrer Eltern gleich?«

»Marcel.«

Er setzte die Lesebrille auf und öffnete den Laptop.

»Marcel, Marcel, der Name kommt mir so bekannt vor.«

»Es gibt auch einen recht berühmten Schriftsteller, der so heißt.«

Er lachte.

»Was du nicht sagst!«

»Vielleicht warst du als Kind mal mit deinen Eltern dort, es war ein sehr gutes Restaurant und ziemlich bekannt, nicht weit von hier.«

»Warte kurz. Meine Eltern hatten einen Freund, der zu der Zeit Restaurantkritiken geschrieben hat, vor ein paar Jahren habe ich sogar ein Buch von ihm gemacht, vielleicht erinnert er sich an was.« Und er reichte mir einen Zettel mit einem Namen, Jordi Sardo, und einer Mailadresse.

»Und wie kannst du sicher sein, dass er noch lebt?«

»Er schreibt noch hin und wieder für die Zeitung und schickt jedes Jahr eine Weihnachtskarte. Er lebt mittlerweile in Galicien, glaube ich.«

Er begleitete mich zum Ausgang des Verlags.

»Entschuldige, ich bin mit einer befreundeten Psychologin zum Essen verabredet, ich hab's ein bisschen eilig«, sagte er. »Wir sehen uns ein andermal, ja? Und sag mir Bescheid, wenn du noch was über deine Freundin herausfindest, ich würde gern erfahren, wie es läuft mit deinen Recherchen.«

Ich hörte ihn lachen, während er die Tür schloss, er hatte viel Wein getrunken.

15

Als ich den Verlag verließ, sah ich, dass ich jede Menge Nachrichten von Bruno hatte. Er wandte die alte List an, schrieb »ich liebe dich«, damit ich dasselbe antworten musste. »Ich liebe dich« sind nicht drei, es sind sechs Wörter »ich liebe dich – ich liebe dich«. Aber ich konnte es mir nicht leisten, meine Liebeserklärungen weiter abzuwerten! Sie waren mein einziger Trumpf. Ohne sie, ohne »ich liebe dich« sagen zu können, wenn es mich überkam, wenn es unwiderruflich stimmte, wenn mir die Wörter ohne jede Kontrolle aus dem Mund fielen wie die Perlen und die Schlangen in dem Märchen von Perrault, würde mir nichts bleiben, der Ruin wäre mir sicher.

»Ach, Bruno«, grummelte ich in mich hinein, während ich seine Nachrichten las. »Merkst du denn nicht, dass man uns aus der Ali-Baba-Höhle rausgeworfen hat? Merkst du nicht, dass die Parole ›ich liebe dich – ich liebe dich‹ uns keine magischen Pforten mehr öffnet?«

Ich beantwortete sein »Ich liebe dich« mit »Ich dich auch«. Das war natürlich meinerseits eine List, mir schien, wenn ich ein »Ich liebe dich« durch ein »Ich dich auch« ersetzte, legte ich mich weniger fest, wäre der Verrat an den Göttern (einerlei ob an Zeus, Aphrodite, Apoll, sie steckten ja alle in erheblichen Liebeswirren), die mich vom Himmel herab seit Monaten stirnrunzelnd beobachteten, weniger gravierend. Mein Betragen in der Liebe war bisher vorbildlich gewesen, ich hatte nie »ich liebe dich« gesagt, wenn es nicht stimmte, war nie länger als eine oder zwei Wochen mit einem Mann zusammen gewesen, in den ich nicht verliebt war. Und ich war immer verliebt gewesen. Was war nur passiert?

Ich rief Beatriz an, um sie das zu fragen (»Ein paar Tage hast du dir eine Beziehung gewünscht, die dir Halt gibt, Ruhe und Ordnung, was Bruno dir, obwohl er Schauspieler ist, geboten hat, aber du warst schon nach einer Woche gelangweilt. Vielleicht wünschst du dir das alles weiterhin, das weiß ich nicht, aber mit Bruno ist das Ungleichgewicht zu groß, du hast ihn nicht eine Minute ernst genommen.«) und um zu sehen, ob sie mit mir zu Mittag oder zu Abend essen wollte. Vielleicht hat sie ihren Zahn ja inzwischen in Ordnung gebracht, dachte ich.

Aber sie war wieder bei ihrer Mutter.

»Warum kommst du nicht zum Mittagessen oder auf einen Kaffee vorbei? Und danach spielen wir eine kleine Runde Poker. Komm schon, hier wirst du hübsch nass gemacht! Mama ist unschlagbar, ich könnte ein bisschen Verstärkung brauchen.« Und leise fügte sie hinzu: »Sie ist sehr müde, das ist die Hitze, die ersten Sommertage sind heftig für alte Leute, bestimmt legt sie sich in der nächsten Stunde in ihrem Zimmer ein bisschen hin, dann können wir ungestört plaudern. Ich habe in der Küche eine Flasche Grappa entdeckt.«

Himmel, in letzter Zeit werde ich bloß noch zu Altenbesuchen eingeladen, dachte ich.

»Danke, aber ich bin mit meiner Übersetzung arg in Verzug. Ein andermal, ja?«

Ich kannte die Mutter von Beatriz nicht. Ich hatte sie einmal auf der Straße gesehen, vor Jahren: Eine kleine Frau, schlicht gekleidet, mit einem durchdringenden, vielleicht etwas beurteilenden Blick, ich meine, sie hatte als Kinderpsychologin gearbeitet. Was ich dagegen gut kannte, war die Wüste aus Alter und Krankheit, die hatte ich mit meiner Mutter durchwandert. Ich fürchtete mich davor, an diesen Ort zurückzukehren, meiner kranken Mutter erneut zu begegnen, wo es mir endlich gelungen war, sie mir vorzustellen, wie sie trällernd über Blumenwiesen lief. Meine Mutter. Die alles Ländliche gehasst hatte.

»Ja, sicher, kein Problem, wir sehen uns ein andermal«, antwortete sie.

Ich verbrachte den Nachmittag mit Übersetzen, und als ich damit fertig war, schrieb ich an den Freund von Pacos Eltern:

Sehr geehrter Herr Sardo,

wir kennen uns nicht, ihre E-Mail-Adresse hat mir unser gemeinsamer Bekannter Paco Trías gegeben. Meine Anfrage hat mit ihm nichts zu tun und mag Ihnen etwas merkwürdig erscheinen, dafür möchte ich mich vorab entschuldigen. Vor ein paar Wochen war ich zufällig in einem Restaurant in der Manuel Girona, nicht weit entfernt vom Französischen Gymnasium, in Pedralbes. Ich weiß nicht mehr, wie es heißt, aber wir haben sehr gut dort gegessen, auch wenn ich gestehen muss, dass ich keine Expertin bin, ich ernähre mich eher schlicht und finde, es gibt kaum ein einschläferndere Gesprächsthema als Essen. Für einige Angehörige meiner Generation und der vorangegangenen (die Jüngeren sind zum Glück klüger) hat die Gastronomie den Sex als Hobby ersetzt. Wenn ich Leute meines Alters über Stunden an einem Tisch in einem Nobelrestaurant sitzen sehe, denke ich unvermeidlich daran, wie schnell das Leben vergeht und was sich, bei all den Beinen, Knien und Füßen, unter dem Tisch abspielen sollte. Aber ich schweife ab, Pardon. Die Sache ist die, dass ich fast sofort merkte, ich war vor vielen Jahren schon in dem Lokal. Ursprünglich hieß das Restaurant Marcel, und die Besitzer waren die Eltern meiner Freundin Gema. Ich frage mich, ob Sie, in Ihrer Tätigkeit als Restaurantkritiker, wohl öfter dort gewesen sind. Ich meine mich zu erinnern, dass das Lokal ein gewisses Renommee hatte. Meine Freundin ist mit fünfzehn an Leukämie gestorben, und kurz darauf hat das Marcel zugemacht. Ich habe ihre Krankheit und ihren Tod nicht nah verfolgt. Wir waren als Kinder befreundet, hatten aber zu dieser Zeit kaum noch miteinander zu tun, wir sind auch nicht in dieselbe Klasse gegangen, und sie hat sich außerdem mehr für Naturwissenschaften interessiert (obwohl sie in allen Fächern Bestnoten hatte) und ich für Sprachen. Und es ging auch alles so schnell und so plötzlich! Sehr wahrscheinlich erinnern Sie sich an nichts, vielleicht wissen Sie auch gar nicht, welches Restaurant ich meine. Aber Paco hat mir Hoffnung gemacht. Womöglich können Sie mir ja sagen, was nach Gemas Tod geschehen ist und wie diese fernen Zeiten waren.

Mit den besten Grüßen und in der Hoffnung auf Nachricht von Ihnen, so Sie denn etwas für mich haben.

Und ich unterschrieb mit meinem Vor- und mit beiden Nachnamen.

Ehe ich zu Bett ging, bekam ich eine weitere Nachricht von Bruno, in der er mir süße Träume wünschte und ein sehr schönes Bild von einem Sonnenuntergang überm Meer schickte. Ich gab nach und antwortete ihm mit den unseligen Worten: Ich liebe dich.

Allmählich wirst du ein Schlaffi, dachte ich, bevor ich die Augen schloss.

16

Einige Tage später kehrte Bruno, von den Inseln gelangweilt und unter dem Vorwand, ein Drehbuch lernen zu müssen, nach Barcelona zurück. Ich holte ihn nicht wie sonst vom Flughafen ab.

»Alle fahren gerade übers Wochenende raus aus der Stadt an den Strand«, entschuldigte ich mich. »Der Verkehr ist bestimmt die Hölle.«

»Sicher, kein Problem, ich nehme ein Taxi.«

Zwei Stunden später stand er vor meiner Tür, bepackt mit Ensaimadas und Geschenken. Virginia hatte ihn in das Schmuckgeschäft einer Freundin geführt, die nach ein paar Jahren zwischen New York und Indien, wo sie ihre Steine einkaufte und einige ihrer Entwürfe fertigen ließ, einen kleinen Laden in der Altstadt von Palma aufgemacht hatte.

»Es ist ein bisschen aus dem Ruder gelaufen«, sagte er und legte sechs gleiche, rechteckige Schachteln von blaugrauer Farbe auf den Tisch. Darin lagen Armbänder aus winzigen Halbedelsteinperlchen, die man über einen unter einer Quaste verborgenen Schiebeknoten ans Handgelenk anpassen konnte. Sie waren sehr schön.

»Du übertreibst«, sagte ich lächelnd, »das ist zu viel.«

Was ich natürlich nicht dachte. Nie ist etwas zu viel, zu viel ist genial und wunderbar. Schwierig ist immer das zu wenig. Ich schwenkte die Armbänder.

»Mal eben der Katze die Schelle umhängen, was?«

Er war braun und sah blendend aus. Bruno wurde sofort braun. Ich spürte einen leichten Stich, aber der war generisch, er hatte nichts mit ihm zu tun. Es war kein Erschaudern aus Begehren, sondern aus Bewunderung und Staunen, wie wenn wir ans Cap de Creus fuhren und im Scheinwerferlicht des Wagens plötzlich ein kleiner Fuchs auftauchte, der seinen Kopf zwischen den Felsen hervorstreckte: O schau! Ein Fuchs! Schau! Ein Mann! Wie wenn Miranda in *Der Sturm* auf Ferdinand trifft. Nichts, weder die Jahre noch die Kinder, die Ehemänner oder meine männlichen Freunde hatten dieses kindliche Entzücken zum Verstummen bringen können, das irgendein männlicher Gesichtsausdruck oder eine beliebige Bewegung unvermittelt in mir hervorrufen konnten. Ein Mann!

Da trat er zu mir und küsste mich, und ich legte meine Arme um ihn und vergrub mein Gesicht an seinem goldenen und warmen Hals. Er insistierte nicht.

»Ich schlafe seit Tagen nicht gut«, sagte ich.

»Wie wär's mit einem Spaziergang? Mir gehen die Zigaretten aus. Und wir könnten ein bisschen reden«, sagte er.

»Ja, sicher.«

Da fiel mir auf, dass ich die Jeans trug, die laut Sandra sehr unvorteilhaft an mir aussah. Dass er mich nicht mehr lieben würde, weil ich unerträglich und selbstsüchtig war, egal, aber weil ich mich schlecht kleidete, das kam nicht in Frage.

»Warte, ich zieh mir was anderes an.«

Ich entschied mich für ein ärmelloses schwarzes Kleid, das ihm sehr gefiel.

»Du siehst so gut aus«, sagte er leise.

Es waren wenige Leute auf der Straße, alle nutzten die ersten Sommerwochenenden, um die Stadt zu verlassen. Wir gingen zum einzigen Tabakladen im Viertel, der am Samstagnachmittag geöffnet war. Ein paar Meter hielten wir uns an den Händen, aber es war unbehaglich, unsere Hände schwitzten. Würden wir wirklich Hand in Hand gehen wollen, dann würden sie nicht schwitzen, dachte ich, Schweißhände sind psychisch, er ist mich auch leid. Dann legte er mir einen Arm um die Schulter, aber wir gingen nicht im gleichen Schritt, sein Auf war mein Ab, und meine Handtasche drängte sich zwischen uns. Ich schüttelte leicht den Kopf, wich etwas von seiner Seite, und er ließ mich wieder los.

Dann blieb er kurz stehen, um sich eine Zigarette anzuzünden, und ich sah ihn an. Bis dahin waren wir Seite an Seite nebeneinander gegangen, hatten aus den Augenwinkeln rübergeschaut und zu erkennen versucht, wer zuerst reden würde. Ich sah, wie er sich die Zigarette mit dieser ungestümen und typischen Geste anzündete, die ich bei ihm unendlich oft gesehen hatte. Die Zigarette zwischen den Lippen neigte er den Kopf leicht zur Seite, wölbte die rechte Hand, betätigte Rad und Hebelchen, die bläuliche Flamme erschien, und er nahm den ersten Zug, bei dem seine Wangenknochen hervortraten. Da spürte ich körperlich, dass er sich von mir trennte. Ich spürte, dass seine Person bis zu diesem Augenblick wie angeklebt an meine gewesen war und sich jetzt löste, Zentimeter für Zentimeter, wie wenn wir einen Aufkleber von dem Papier abziehen, an dem er haftet. Ich sah seine Umrisse, eine hauchzarte Papierfigur, wie sie sich lösten von meinen und sich entfalteten: Wir waren wieder zwei. Bruno stand aufs Neue vor mir, die Welt wüst und angefüllt mit Möglichkeiten. Ich sah ihn, als sähe ich ihn zum ersten Mal, und ich fragte mich, wie oft wir jemand, den wir kennen, im Laufe einer Beziehung oder ihm Laufe eines Lebens sehen wie zum ersten Mal.

Ich kannte die Antwort: Jedes Mal wenn wir für Sekunden oder für immer zu lieben aufhörten. Männer, die fast in den Himmel reichten, wurden zu Liliputanern, Oberkörper, die an prächtige hundertjährige Baumstämme erinnert hatten, beulten aus und verformten sich auf unerklärliche Weise, tiefgründiges Schweigen wurde zu einem untrüglichen Zeichen für Inhaltsleere und Einfallslosigkeit. Und nicht nur das: Die Baumwoll-T-Shirts des geliebten Wesens, die wir so oft zum Schlafen angezogen hatten, juckten plötzlich auf der Haut, seine alte Lieblingsjeans verwandelte sich in einen ekligen Fetzen, den man nur noch wegwerfen konnte. Und dieser Verfall fand nicht nur in unserer Vorstellung statt, er vollzog sich auch vor den Augen des anderen, der, ohne etwas dagegen tun zu können, Teilen seines eigenen Körpers und seiner Persönlichkeit beraubt wurde, die zu Boden fielen und in tausend Stücke brachen.

»Wir müssen reden. Meinst du nicht?«, sagte er schließlich. »Du hast keine Lust mehr, mich zu sehen oder Zeit mit mir zu verbringen. Ich hatte gedacht, wenn ich ein paar Tag weg bin, dann begegnen wir uns vielleicht wieder mit mehr Lust. Was glaubst du denn, wieso ich zwei Wochen zu Virginia nach Mallorca fahre, die im Übrigen schwer in Ordnung ist?«

Ich nahm ihm die Zigarette ab, zog einmal daran und gab sie zurück.

»Keine Ahnung, um das Meer und die Landschaft zu genießen?«

Er tat, als hätte er das nicht gehört, und redete weiter.

»Ich kann nicht jeden Tag darauf warten, ob du jetzt Lust hast oder nicht, mich zu sehen oder mit mir zu reden oder dass wir miteinander ins Bett gehen, das geht nicht. Verstehst du das?«

»Ja, sicher, natürlich, ich verstehe das, das geht nicht. Aber du musst auch verstehen, dass ich mich nicht zu etwas zwingen kann, wonach mir nicht ist.«

Wir machten uns auf den Heimweg.

»Das Problem ist, dass du keine Beziehung willst, sieh das doch ein. Du glaubst, du willst eine, aber das stimmt nicht.«

Ich dachte an das, was Beatriz gesagt hatte.

»Kann sein, du hast recht«, sagte ich. »Einerseits hätte ich gern eine Beziehung, aber andererseits tue ich mich schwer damit, das stimmt.«

Er steckte sich noch eine Zigarette an.

»Nimm's mir nicht übel, aber ich glaube, ein bisschen Therapie würde dir guttun«, sagte er.

»Aber ich habe doch schon eine gemacht!«, rief ich. »Zwei Jahre lang, ich habe dir davon erzählt.«

»Ja, stimmt schon. Dann noch eine! Ernsthaft, es würde dir viel besser gehen. Ich warte auch auf dich.«

Ob das jetzt der typische Fall ist, dass du mit jemand Schluss machen willst und dann macht er mit dir Schluss?, fragte ich mich.

Wir waren angekommen.

»Gut«, sagte Bruno. »Ich komme nicht mit hoch. Wir reden noch, okay?«

»Ja, sicher, wir reden.«

Er stieg auf sein Motorrad, und als er sich gerade den Helm aufsetzen wollte, ging ich hin und umarmte ihn.

Zum Abendessen schnitt ich mir ein Stück Ensaimada ab. Aus dem Rest machte ich kleine Häppchen und trug sie runter für die rote Katze, die in meiner Straße wohnte und die ich insgeheim für die Reinkarnation meiner Mutter hielt.

17

»Kann ich hochkommen?«, fragte Víctor.

»Ja, sicher«, antwortete ich.

Welche Überraschung und wie sonderbar!, dachte ich, als ich den beiden die Tür öffnete, er kommt doch nie hoch, setzt Óscar immer vor der Haustür ab.

Marc war am Tag zuvor heimgekommen, weil er schon größer war, fuhr er von seinem Vater aus allein mit dem Bus hinunter in die Stadt.

»O wie groß du geworden bist! Und wie hübsch du bist!«, sagte ich zu Óscar.

»Jepp«, antwortete er, wirkte aber sehr aufgewühlt, mich zu sehen.

Víctor hatte die Haare frisch geschnitten und trug neue Turnschuhe. Er muss verliebt sein, dachte ich. Viele Männer gehen zum Friseur, wenn sie ein Date haben, und viele Frauen fahren das Auto durch die Waschanlage, wenn sie einen neuen Freund haben.

»Wie geht's dir? Was macht die Übersetzung? Hast du arbeiten können?«, fragte er heiter.

»Gut so weit, ich komme voran.«

Ich hörte Marc in seinem Zimmer lachen und sah, wie Óscar die Sofateile umgruppierte, um am Fernseher Fußball zu spielen. Ihre Rucksäcke hatten sie an der Wohnungstür abgeworfen.

Er setzte sich auf die Sessellehne.

»Und was hast du sonst so getan in letzter Zeit?«

»Mit meinen Recherchen weitergemacht«, sagte ich.

»Mit was für Recherchen?«

»Die zu meiner Schulfreundin, Mann, zu Gema!«

Ich zeigte ihm das Klassenfoto, das auf meinem Schreibtisch lag.

Er betrachtete es einen Moment und lachte.

»Du siehst noch genauso aus!«, sagte er, »die Hand nach innen gedreht, das angewiderte Gesicht, wenn dir was nicht passt, wie oft hätte ich dich umbringen können für diesen Gesichtsausdruck!«

»Ich mache kein angewidertes Gesicht, das liegt an der Sonne.«

»Die Sommersprossen ... Welche davon ist Gema?«

»Nein, Gema war ausgerechnet an dem Tag nicht da, sie ist krank gewesen.«

»Mon dieu! Zu dumm! Aber eine Fantasiefreundin ist sie nicht, oder?«

Ich warf ihm einen Mörderblick zu.

»Im Ernst jetzt, hast du rausgefunden, was du wissen wolltest?«

»Eher nicht«, sagte ich. »Ich wollte wissen, ob ich sie ein letztes Mal auf dem Schulhof gesehen habe, und das konnte mir niemand bestätigen.«

»Aber du weißt, dass du sie gesehen hast, oder?«

»Ja.«

»Das sollte doch genügen.« Er stand auf. »Ich muss zur Arbeit. Was habt ihr noch vor in den Ferien?«

»Ich glaube, wir fliegen ein paar Tage nach Griechenland, Baden und Ruinengucken, die Tickets sind spottbillig.«

»Guter Plan«, sagte er. »Ich bin vielleicht in Rom, ein paar Freunde haben mir ihre Wohnung angeboten.«

Ich begleitete ihn zur Tür.

»Eine Frage: Erinnerst du dich zufällig an die Bluse, die ich anhatte an dem Tag, als wir uns wiedergesehen haben?«

»Natürlich erinnere ich mich, Kleines. Ich erinnere mich an alles, was an dem Tag passiert ist. Du hattest eine gelbe Bluse an, aus Seide, bedruckt. Und einen Minirock und halbhohe Schuhe. Ich weiß noch, dass ich am Eingang vom Mercat de les Flors auf dich gewartet habe und wie du diese kurze Rampe hinunter auf mich zugekommen bist, lächelnd.«

»Ja, das war meine Lieblingsbluse.«

»Ich erinnere mich auch dran, wie wir uns zwischen den Akten beinahe geküsst hätten, und an die Pizzeria, in der wir hinterher waren, gleich neben dem Theater. Warum fragst du?«

Ich sagte nichts, und er redete weiter.

»Und ich erinnere mich, dass ich ein blaues T-Shirt anhatte und am Tag davor beim Friseur war.«

»Echt? So wie heute«, sagte ich.

Er lächelte.

»Ein Mann muss sich hin und wieder die Haare schneiden, oder?«

Den restlichen Nachmittag verbrachte ich mit Reisevorbereitungen. Im letzten Moment fand ich günstige Flüge für den nächsten Tag. Außerdem reservierte ich ein Zimmer für drei, mit Blick auf die Akropolis, in einem Hotel, das ich kannte. Die Jungs waren mächtig aufgeregt.

»Wie lange bleiben wir?«

»Kannst du mir meine Sachen jetzt waschen?«

»Wie ist das Hotel?«

»Ich finde meine Flipflops nicht.«

»Kann ich den Rechner mitnehmen?«

»Ich schlaf nicht mit diesem Stinktier in einem Zimmer.«
»Kann ich meine Freunde noch sehen, bevor wir fahren?«

Als sie endlich ins Bett gegangen waren, klappte ich den Rechner auf. Ich hatte eine Antwort von Herrn Sardo.

Geschätzte Freundin,

da ich der erheblich Ältere von uns bin, erlaube ich mir das Du. Zunächst möchte ich mich für Deine interessanten Beobachtungen bezüglich des Lebens und der Gastronomie bedanken. Ich stimme darin nur bedingt mit Dir überein, aber sollte ich eines Tages die Freude haben, Dich persönlich kennenzulernen, verspreche ich, dass ich versuchen werde, Deine Ansichten zu ändern oder Dich jedenfalls in irgendeinem erfreulichen Restaurant zu einem anständigen Mittagessen einzuladen.
Ich könnte Dir die Geschichte der Álvarez in der süßen Wahrheitstunke von heute erzählen, was aber Halbwahrheiten wären. Ich habe außerdem genug von Dir gelesen, um zu wissen, dass Du nicht leicht zu erschrecken bist, deshalb berichte ich Dir gleich, dass Gema mir sehr zugetan war, nachdem ihre Eltern in einem Kochwettbewerb, bei dem ich Präsident der Jury war, den ersten Preis bekommen hatten, bestehend aus einem Batzen Geld und einer einwöchigen Reise für zwei nach Paris mit Besuch bei den Größten. Deine Freundin war klug genug, um zu wissen, dass dem Restaurant ihrer Eltern damals, wo die Designerlokale voller schöner Menschen durch die Decke gingen, harte Zeiten bevorstanden, obwohl Luis Álvarez zu den besten Köchen gehört, denen ich je begegnet bin. Nachdem er den Preis gewonnen

hatte, arrangierte ich wöchentliche Mittagessen bei ihm, zu denen alle möglichen Gestalten kamen, Schriftsteller, Journalisten, Grafiker usw. Wenig später ist Deine Freundin krank geworden. Dreißig Stunden vor ihrem Tod habe ich sie besucht, in einem düsteren, von Nonnen geleiteten Krankenhaus, die da rein und raus gingen mit dieser Forschheit, die einem der jahrelange Umgang mit dem Teufel verleiht. Luis ist durch und durch Christ, im nobelsten Sinn, in den man durch diese Weltanschauung geraten kann. Es war schrecklich mitanzusehen, wie er die Hoffnung noch aufrechterhielt, als schon gar nichts mehr zu machen war. Der Tag der Beerdigung war noch so ein düsteres Datum, von dem mir die verweinten Gesichter ihrer Schulfreunde in Erinnerung geblieben sind. Wahrscheinlich hat eins davon Dir gehört.

Aber das Unglück ging weiter. Der Maître vom Marcel starb bei einem Autounfall, als er nachts von seiner Schicht nach Hause fuhr. Ich kann bezeugen, dass er nie auch nur ein Glas getrunken hat. Er war abstinent, ein Problem bei seinem Beruf, das er dadurch löste, dass er mich über alle möglichen und unmöglichen Weine ausfragte und alles wie der beflissenste Schüler notierte. Für Luis war er wie ein Sohn, im wahrsten, emotionalen Sinn des Wortes. Ein weiteres Drama und logischerweise ein heftiger Schlag für Luis, der danach in einem fürchterlichen Zustand war. Kurze Zeit später verpachteten sie das Restaurant und verkauften das Lager und ihre Weine. Nach einem Jahr entschlossen sie sich zu verkaufen, weil die Gesellschaft, die das Marcel gepachtet hatte, nicht zahlte, und lebten in ihrer Eigentumswohnung über dem Lokal. Er fand langsam nach all den Tiefschlägen ins Leben zurück, aber dann hatte Juanita, seine Frau, einen

Unfall in einem Stadtbus. Ich habe nie herausgefunden, ob das der Grund dafür war, dass es gesundheitlich so schnell mit ihm bergab ging. Sie hat das immer gesagt, aber mir kommt es eher so vor, dass es, neben dem Unfall, eine fortschreitende neurologische Erkrankung war. Juana ist letzten Dezember gestorben. Vor nicht allzu langer Zeit habe ich versucht, mit Luis zu sprechen. Er ist ein in Erinnerungen verlorenes Stimmchen, kann nicht verstehen, was man ihm erzählt, ist immer durchdrungen von dieser Seligkeit, die er sich in seinem langen Leben bei den Brüdern erarbeitet hat.

Das wäre im Wesentlichen, was ich zu erzählen habe, immer im Andenken an dieses Gesicht Deiner Freundin, wie das der Jungfrau vom Romantiker aus Aragón, die mit dem strahlenden und durchtriebenen Blick.

Es tut mir leid, dass ich diese Sachen schreiben muss, aber Dein Wunsch war mir Befehl.

Da anderes womöglich unerwähnt geblieben ist, weil ich ihm keine Bedeutung beimesse, die es für Dich jedoch haben mag, kannst Du mich gern auf dem Handy anrufen: 660 567 77.

Herzlich,
Jordi

Ich schrieb ihm noch in derselben Nacht zurück, bedankte mich und nahm seine Essenseinladung an. Anrufen würde ich ihn nicht, mir schien, es gab nichts mehr zu fragen. Gut möglich, dass ich nie herausfinden würde, ob ich Gema dieses letzte Mal auf dem Hof unserer Schule gesehen hatte. Oder vielleicht würde ich irgendwann, in einem Jahr oder in zwanzig, auf jemanden treffen, der sie ebenfalls gesehen hatte. Aber wer würde mit Sicherheit sagen können, dass dieser Jemand sich das nicht auch ausgemalt hatte? Wir tappen im Dunkeln, dachte ich. Und ließ, als ich schlafen ging, das Licht im Bad an.

18

Am Tag darauf, wir waren noch beim Packen, bekam ich eine Nachricht von Beatriz:

»Liebe, ich weiß, du hast nicht viel für so was übrig, aber ich wollte dich wissen lassen, dass meine Mutter gestern Morgen gestorben ist. Die Trauerfeier ist heute um zwölf in der Leichenhalle vom San Gervasio. Keine Sorge, du musst nicht kommen, ich wollte nur nicht, dass du's von sonst jemand erfährst. Ich hoffe, es geht dir gut. Kuss.«

Ich sah auf die Uhr. Es war elf. Unser Flug ging um drei. Ich kann da nicht hin, ich habe keine Zeit, ich bin noch nicht mit Packen fertig, sagte ich mir mit einem Blick auf die Haufen aus Sommersachen, die um mich herum verteilt lagen. So ein Mist! In der Leichenhalle? Die Leichenhalle … Ich nahm mein Handy und öffnete die Karten-App. Das muss hier irgendwo in der Nähe sein … Ja, ja, das ist um die Ecke, aber ich verlaufe mich, das ist mal sicher. Angeblich ist das ja so simpel, aber ich komme mit dieser App nicht klar, ich weiß nie, ob ich der rote Punkt bin oder der blaue. Was mache ich bloß? Ich setzte mich aufs Bett. Und wenn ich ein Taxi nehme, wird der Taxifahrer sauer, weil die Strecke so kurz ist. Auf jeden Fall sind viele Leute da, bestimmt, die Familie ist ja beliebt. Und Beatriz schreibt doch, ich muss nicht kommen. Ich schaute auf meine Zehen, ich musste mir noch die Nägel lackieren. Und geschlafen habe ich auch so gut wie nicht, die ganze Nacht die Gedanken an den Brief von Herrn Sardo. Ich sah auf die Uhr: halb zwölf. Ich hatte keine Zeit, und ich hatte nichts zum Anziehen.

Ich fing an, einen Badeanzug zusammenzulegen, bis er so klein war, dass er in meine Handfläche passte.

»Kinder!«, rief ich plötzlich und stand auf. »Ich gehe! Bin gleich wieder da! Packt eure Sachen fertig.«

»Waahas? Mama!«, protestierten sie beide, »aber ich finde meine kurze Hose nicht, und ich habe noch nicht gefrühstückt, und es sind noch Sachen in der Waschmaschine, wir verpassen den Flug.«

»Nein, den verpassen wir nicht. Es ist noch Zeit. Marc, druck bitte die Tickets aus und mach deinem Bruder das Frühstück. Óscar, schau in der Schublade unterm Schrank nach.«

Ich tauschte die Schlafanzughose gegen die zu große Jeans, die Sandra nicht mochte, zog eins der Shirts über, in denen ich Yoga machte, und lief aus dem Haus.

Keinem meiner Tode war ich gewachsen gewesen, aber vielleicht würde ich einem der Tode meiner Freundin gewachsen sein können.

Ich kam bei der Leichenhalle an, als die Trauerfeier eben beginnen sollte. Es waren jede Menge Leute da. Beim Reingehen sah ich Marta mit ein paar Freunden und grüßte von weitem. Ich setzte mich in die letzte Reihe, wie bei Gemas Trauerfeier, neben eine Glasfront, die auf einen kleinen Garten hinausging, wo ein paar Jugendliche rauchten. Ich bin zum ersten Mal bei der Trauerfeier für eine Unbekannte, dachte ich. Dann kam ein Priester und sprach über die Mutter von Beatriz, über den Tod und über das Menschengeschlecht. Danach kam meine Freundin und teilte einige Erinnerungen an ihre Mutter mit uns. Und zum ersten Mal in meinem Leben hörte ich zu bei dem, was da gesagt wurde. Ich war schon bei einigen Trauerfeiern gewesen, aber bei den einen war ich zu niedergeschlagen, um etwas mitzukriegen, und bei anderen war mir zu stark bewusst, dass es ein gesellschaftliches Ereignis war, um auf die Reden zu achten. Und als der Priester uns bat, uns zu erheben, hatte ich nicht das Gefühl, das aus Pflichtbewusstsein zu tun, sondern aus Achtung: gegenüber Beatriz, gegenüber ihrer Mutter und gegenüber allen, die wir dort waren. Zum ersten Mal verabschiede ich mich wahrhaftig von einem Toten und den habe ich noch nicht einmal gekannt, dachte ich.

Als die Zeremonie vorüber war, standen wir in dem kleinen Garten beieinander, den ich durch die Glasfront gesehen hatte. Ich unterhielt mich mit ein paar ehemaligen Schülerinnen vom Gymnasium, die mich den Cousins von Beatriz vorstellten. Sie wirkten aufrichtig traurig. Da sah ich meine Freundin. Die Sonne schien, wir waren sommerlich gekleidet, sie war umringt von Menschen, ich löste mich aus dem Grüppchen, mit dem ich plauderte, und ging auf sie zu. Da drehte sie ihren langen, schmalen Hals in meine Richtung und lächelte mich an.

»Du bist gekommen«, sagte sie.

»Sicher. Was denn sonst!«

Und ich verließ endlich den Hof.

Barcelona, September 2020

Dank

Ich möchte meiner Agentin Anna Soler-Pont für ihre unerschöpfliche Geduld danken, für ihr Vertrauen in mich und dafür, dass sie stets für jedes Problem eine Lösung findet.

Außerdem danke ich meinen Verlegern Jorge Herralde und Silvia Sesé dafür, dass sie mich nicht angelogen und mich dazu getrieben haben, weiterzugehen. Ohne sie würde es dieses Buch nicht geben. Joan Carles Girbés danke ich für seine großzügigen, treffenden und angebrachten Kommentare.

Und den Freunden, die mit mir ihre Erinnerungen an Gema geteilt haben: Sandra Capdevila, Isabel Algara, Teresa Corbella, Inés Coll, Ada Moya, Anna Arranz, Isa Elias, Miquel Sen und Karina Botbol.